이별에서 이별하는 법

# 이별에서 이별하는 법

이승희 지음

izi 이지퍼블리싱

우리는 많은 것들과 이별하며 살아간다. 사랑하는 사람이든, 반려동물이든, 아꼈던 물건이든 헤어짐을 경험하지 않은 사람은 없을 것이다. 이별의 아픔은 참 다양한 방식으로, 구석구석에서 나타나 우리 마음에 새겨진다. 이성적으로는 항상 그 끝이 아플 거란 걸 알면서도, 우리는 어느새 사랑을 하고 있다. 그 시작은 늘 좋고 행복하고 영원할 거라 믿으니까. 하지만 영원할 것 같았던 사랑은 시나브로 그 끝을 향해 달려간다.

사랑이란 이름으로 머뭇거리며 걸어온 이별의 거리는 생각보다 멀다. 어쩌면 우리는 이별을 결심하기 전부터 이미 헤어짐을 맞이하고, 이별 후에도 헤어짐으로 이어졌던 나날들을 보내고 있는 건지도 모른다. 마지막까지 매달려 있던 외로움들은 모든 것이 끝나고 나서야 이별 때문만이 아님을 깨닫곤 한다. 헤어지기 전과 후의 외로움과 그리움은 다르며, 그것은 극복의 대상이 아니라 받아들임의 과정이다. 외로움과 함께 따라다니던 그리움을 인정하고 오롯이 받아들이다 보면 어느새 시간은 지나가고, 이별도 함께 흘러간다.

어떻게 외로움과 그리움이 함께일 수 있느냐고, 이렇게 그리움이 넘치는데 왜 굳이 서로 이별을 해야 했느냐고 묻는다면, 난 산다는 건 생각보다 엄혹한 것이라 답한다. 마치 선을 긋듯이 선과 악, 옳고 그름, 좋고 나쁨이란 게 있으면 참 편하겠지만 사랑이란 게, 관계라는 게, 그렇지가 못하다. 처음에는 우선순위가 우리였지만 언제부터인가 서로를 별개로 생각하는 시간이 늘어나게 된다. 이것은 단순히 사랑이 식어 버리는 차원이 아니다. 다만 그렇게 생각하게 된 그와 내가 존재했음은 부정할 수 없는 분명한 사실이라는 것이다. 이를 두고 누군가는 너무 현실적이라고 얘기할지도 모르겠다. 그걸 부정하진 않는다. 그럼에도 내가 분명히 말할 수 있는 건, 이별을 맞은 우리의 모습에는 악의가 있거나 의도한 것이 아닌, 서른을 넘어서면서 찾아온 자연스러운 변화였던 것이다. 있는 그대로의 변화이기 때문에 어쩌면 모순되어 보일 수도 있다. 나 스스로도 이별과 외로움과 그리움 사이에서 혼란스러워 했으니 말이다. 하지만 그것이 내게 있어서나, 연애를 하는 모든 분들에게 있어서나 보통의 감정들, 보통의 변화들이 아닐까.

오늘도 헤어지지 못하고 이별 중인 당신, 많이 아파하고 많이 생각하길. 미루어 봐야 시간만 길어질 뿐이다. 정말 좋아했다면 진심을 다해 아파하는 것도 예의라고 생각한다. 이별이 꼭 누구 하나 잘못해서 오는 것만은 아닐테니 말이다. 그저 자연스러운 보통의 일일 뿐. 이런 변화도 나일 테니, 더 단단한 내가 되기 위한 과정일 테니. 세상 모든 이별에 의미 없는 이별은 없다.

작가 이승희

contents

Part I

이별 결심하기

# 빛나던 날

우리에게도 그런 날이 있었다. 너와 내가 빛나던 날. 서로가 반짝반짝 빛나 보이던 날. 그 빛들이 만나 우리가 되고 더 찬란한 기쁨이 되던 날. 나는 너를 사랑했고, 너는 나를 사랑했고, 그렇게 우리를 만들었다. 서로에게 이끌려 만들어온 나날들이었다. 그렇게 네가 나의 온 우주가 되던 날들이었다. 그때의 우리는 함께라는 것만으로도 참 빛이 났다.

우리, 어쩌다 이렇게 되었을까.

너와 내가 서 있던 그 거리의 빛은 흩어졌고 빛나던 그 순간의 기억도 희미해졌다.

숙제

나는 무언가를 시작하고 나면, 그게 나의 숙제인 것 마냥 반드시 해내기 위해 애쓰는 편이다. 아침 식사도, 운동도, 책 읽기도, 스트레칭도, 청소도…. 새로운 것을 시작하기까지는 많은 고민의 시간이 필요했다. 하지만, 결심한 후에는 잠을 못 자더라도 꼭 해야만 하루를 끝낼 수 있다는 듯이 하고야 만다.

그러다 문득 너를 결심하기까지는 얼마나 걸렸었나, 우리의 처음을 되돌려보았다. 다른 마음들은 그렇게 뿌리치고 보내버린 나였는데, 왜 너는 그렇게 덥석 잡아버렸을까. 그때 조금 더 고민을 했어야했나. 우린 제법 오래 그 손을 맞잡고 있었다.

나 혹시 그때의 너와의 결심도 또 숙제처럼 가져가고 있

는 건가. 마치 좋아서 시작했던 책 읽기가 이젠 꼭 해야만
하는 숙제가 되어버린 것처럼. 언제부터인가 네가 숙제가
되어버린 건 아닌지….

억지로 애쓰지 않아야 할 것이 하나 생겼다. 너와 나에
대해, 진짜 내 마음에 대해. 가만히 내 마음의 소리를 들어
줘야 하는 시간이 왔다. 애쓰지 않도록 애써야 하는 노력
이 필요한 순간이다. 우리에 대한 나의 진심을 위해.

## 지지 않는 꽃은 없다

지지 않는 마음이란 없다. 시들지 않는 꽃이 없듯이, 아름답던 꽃도 언젠가는 져버리듯이. 다만 얼마나 아름답게 피었다가 어떻게 지느냐의 차이겠지.

네가 봤던 내 꽃은 어떠했는지. 부디 내 꽃이 지는 마지막 모습을 너는 보지 않았으면 좋겠다. 홀로 버텨볼테니, 내 꽃이 시들어버리는 그 순간에 너는 내 곁에 있지 않았으면 좋겠다.

## 마지막 숫자

세상에 공평한 관계란 없다. 아무것도 모를 때는, 네가 너라는 존재로 전부였던 그 때는, 내가 더 주고 덜 주어야겠다는 마음조차 들지 않았다. 우리의 관계를 재지 않았으니까.

언제부터일까. 너와 나 사이에 하나, 둘 숫자가 들어오기 시작한 때가. 내가 하나였으니까 이번엔 네가 둘, 그 다음은 내가 셋, 또 그 다음은 네가 넷…. 공평한 듯 공평하지 않은 형식적인 Give & Take가 생기기 시작한 것 같다. 그렇게 우리는 하나로 시작해서 몇까지 온 걸까. 그리고 앞으로 우리는 몇 까지 더 가야 하는 걸까. 누구도 모를 마지막 숫자가 오늘 따라 궁금해진다.

## 장거리 연애

우리가 만난 기간 중에는 장거리 연애를 하던 때도 있었다. 긴 연애 기간 중 1/4 정도였지만, 실제 시간으로 따진다면 다른 연인들이 한 번은 만남과 이별을 했을 법한 꽤나 긴 시간들이었다. 부산에서 서울까지, 학생이었던 너에겐 기차비만으로도 훨씬 더 멀게 느껴졌을 거리였으리라. 그래도 특별한 일이 없는 한, 매주 나를 보러 와주던 너였다. 부산에서 새로운 생활을 시작했음에도 너는 갓 취업한 나를 배려하여 먼저 달려와 주곤 했다. 그때는 막 새터를 잡은 내가 의지할 곳이 없어서 였는지, 아니면 마냥 네가 좋았었던 건지, 그렇게 그 주말이 기다려졌었다. 보고 싶어도 볼 수 없음이 서로를 더 애틋하게 만들었다.

지금은 보고 싶다면 언제든지 볼 수 있는 거리. 그럼에도 만남의 빈도는 늘어나지 않았고, 오히려 서로를 더 안

일하게 만들었다. 아니, 서로가 아니라 어쩌면 내가 우리 사이를 그렇게 만들었을지도 모른다.

주말을 기다리던 열흘 같았던 평일이, 이제는 하루 이틀 흐른 것처럼 빠르게 다가온다. 몸이 멀어지면 마음도 멀어진다는데, 나는 몸이 멀어져야 마음이 가까워지는 사람이었나.

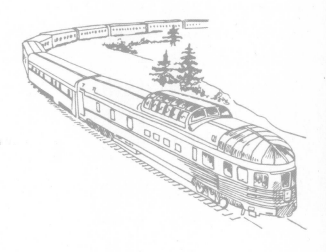

## 맞춤 정장

오랜 시간을 함께해 온 만큼 서로의 생일도, 우리가 처음 만난 날도, 만난 지 몇 천일쯤된 날도, 그것 말고도 크리스마스와 같은 좋은 날들도…. 서로 주고받은 선물들이 쌓여 이젠 어떤 선물을 더 해줘야 모를 만큼의 시간을 우린 함께 했다. 올해 네 생일은 또 어떤 선물을 줘야 하나 고민하고 고민하다가 너에게 어울릴 예쁜 맞춤 정장을 하나 선물하기로 마음먹었다. 네가 정장을 입을 일이 자주 없는 만큼 특별한 날에 입을 테고, 그런 날은 네가 누구보다 더 예뻤으면 했으니까. 주변에 결혼식 정장을 맞춘 지인들을 수소문해 감각 있는 맞춤 정장 매장을 찾았고, 네 생일 전 주말에 맞춰 피팅을 예약했다.

예약 당일, 나는 꼭 찾으러 가야 하는 내 옷이 있다는 핑계로 정장 가게로 향했다. 아무것도 모르고 있던 너는 입구에 들어서서야 눈치를 채고서는 환하게 웃으며 이게 뭐냐며 되물었다. 네 표정에 나는 내가 더 큰 선물을 받은 양 뿌듯함이 밀려왔다.

재킷의 카라 모양, 단추 개수부터 바지 여밈 방식, 라인과 셔츠 핏, 손목 부분 모양까지 모든 스타일을 하나하나 결정하고 커다란 전신거울 앞에서 치수를 재기 시작했다. 꼿꼿이 서 있는 그 뒷모습에 단단한 네 마음까지 전달되는 것만 같았다. 어깨 끝부터 발끝까지, 너를 향한 내 마음도 전해졌으면 했다.

옷이 완성되기까지는 한 달. 한 달 뒤 그 옷을 입은 네가 누구보다 빛났으면. 행여나 그 옆에 내가 없을지라도.

위로가 담긴 노래를 들으며

괜찮다, 괜찮아. 네가 얼마나 힘든지 누구도 모를 거야. 많이 힘들지? 그래도 너 잘하고 있어. 말하지 않아도, 알고 있어.

그런 말들이 왜 이렇게 가슴을 후벼 파는지 모르겠다. 괜스레 울컥해져서는 세상 짐 모두 내가 짊어지고 있었던 것처럼 마음이 무거워진다. 스스로 짊어진 짐이건만 놓아버리면 그만인 것들을 엄마옷 잡은 아기 손 마냥 움켜지고선 놓지 못한다. 그러고선 누구에게 어떤 위로를 바라고 있었던 것인지, 누군가가 슬쩍 던진 위로 한마디에 더 슬퍼졌다.

그러고 보니 시간이 갈수록 듣기 힘들어 지는구나.
괜찮다는 말,
힘들었겠다는 말,
다 알고 있다는 말….

## 의심

세상에는 의심할 수 없는 것들이 있다. 하늘은 높은 것, 해는 뜨는 것, 숨은 쉬어야 하는 것처럼. 네 마음도 그런 것과 같았다. 한 번도 의심한 적 없는, 의심할 수 없는 것이었다. 처음부터 끝까지 오롯이 나를 향해줬던, 쉬지 않고 달려오던 너의 마음이었다. 보이지 않아도, 들리지 않아도 너무나 당연히 알 수 있는 것이었다. 그런 네 마음을 나는 왜 되새김질하려고 한걸까. 하늘이 높지 않을 수 없고 해가 뜨지 않을 수 없고 숨은 쉬지 않을 수 없는 건데, 왜 네 마음은 부정하려 든 걸까. '사람은 왜 태어날까' 같은 원초적인 질문과도 같아서 끝끝내 답을 찾지 못했다. 그리고 질문은 다시 나에게로 돌아왔다. 내가 널 사랑하고 있긴 한 걸까.

# 이기적인 날 위해

시간이 지날수록 우리에 대한 마음이 점점 삐딱해져 간다. '우리'가 너와 내가 되기 위해 이것저것 따지기 시작하고, 꼬투리를 잡는다. 그 꼬투리는 꼬리를 물고 또 다른 꼬투리를 만들어낸다. 그리고는 우리가 아닌 너와 내가 되어야 하는 이유를 스스로 합리화시킨다. 그래야 나에게서 너를 떼어놓을 수 있으니까. 그래야 나의 많은 것들을 더 이상 너와 나누지 않아도 되니까.

왜 나는 너에게 오롯이 모든 것을 주지 못하나. 너여야만 한다고 말하면서도 왜 네가 아니어야 하는 이유를 찾고 있나. 왜 나를 설득해야만 하는 건가. 스스로도 알 수 없는 질문에 사로잡혔다.

그래, 어느샌가 익숙해졌다. 나를 가두고 보호하는 것에 대해.

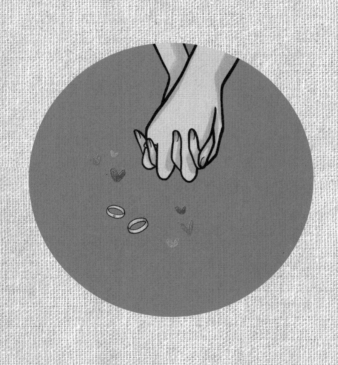

커플링

집에서 연애를 비밀로 했던 나는, 꼭 너를 만날 때만 커플링을 꺼내 끼었다. 너는 항상 네 번째 손가락에 담아두던 커플링을, 나는 너를 만날 때를 빼고는 지갑 속에 넣어두었었다. 그러다 커플링을 잃어버린 적도 있었다. 너는 똑같은 모양의 반지를 다시 맞춰 나에게 선물로 건넸다.

나에겐 흔적일랑 없는 반지였지만, 네 손가락에서 8년째 자리한 커플링은 반지를 끼지 않아도 낀 것만 같은 진한 자국을 남겨놓았다. 그렇게 우리는 너의 네 번째 손가락에 새겨졌다.

그런 우리에게 이젠 새겨진 나날보다 지워져야 할 나날들이 더 길 것만 같았다. 반지 자국도, 우리 함께한 나날들도.

너 혼자서 술을 잔뜩 마신 어느 날. 그렇게 기다릴 땐 울리지 않던 네 번호가 내 휴대폰에 떴다. 금방이라도 쓰러질 듯한 목소리에 늦은 시간이었지만 나는 택시를 잡아타고 네게 달려갔다. 어쩌면 술김에 너의 속마음을 털어놓진 않을까, 아니면 모진 말로 나를 끊어내진 않을까 하는 약간의 기대감을 가지고 있었는지도 모르겠다. 그렇게 도착한 나를 붙잡고선 너는 내내 네 이야기를 쏟아냈다. 터져 나오는 네 진심에선 건드리면 깨질 것만 같은 위태로움 밖에 없어 보였다. 우리에 대한, 너에 대한, 네 미래에 대한, 어쩌면 네 모든 것들에 대한 불안함. 너는 홀로 서기 위해, 아니 어쩌면 우리를 지키기 위해, 외롭고 아슬아슬하게 버티고 있었나 보다. 어쩌면 그래서 본능적으로 더 날 밀어내고 있었을지도.

그러고 보니 나는 나도 모르게 생각보다 많은 아픔을 견

디며 그렇게 너와 나의 상처에 무뎌지고 있었나 보다. 그래서 네가 그렇게 흔들리는 동안 나는 담담하게 우리의 마지막을 준비하고 있었던 걸지도.

# 불편한 네 마음

그랬구나. 네 마음이 불편했구나. 네가 보라고 보란 듯이 SNS에 올려놓은 우리만 알 수 있을 암호 같은 내 마음 속 이야기가, 당연히 네가 신경 쓰이라고 끄적거린 내 생각들이, 그냥 네게는 마음이 불편한 것일 뿐이었구나. 내가 혼자 있어야 하는 이유를 찾는 건 보이지 않고 외롭다고, 함께 있어 달라고, 사랑해 달라고 하는 건 보이지 않고, 그냥 너는 불편하기만 했던 거구나. 내가 기대가 컸던 거니. 네가 기대보다 부족한 거니.

너에게 기대하고 실망하고 그러다가 다시 기대하고, 또 실망하고. 그렇게 너는 매일 내게 기대와 실망을 반복해서 안겼다. 내가 그런 사람을 만났던 건지. 네가 그런 사람이었던 건지. 상처를 받고 있는 사람은 또 상처를 주고 있다.

# 오늘도 끝

오늘도 끝났다. 이렇게 하루가 지났다. 하루가 끝나는 동안 너는 또 사소한 내 물음에 아무런 대답이 없었고, 또 나는 덩그러니 사소한 네 대답을 기다리다가 오늘을 끝냈다.

나에게 사소하다 생각했던 것들이 너에겐 너무 큰 것들이었나 보다. 너에게는 큰 것들을 나는 사소한 듯이 보내고 있진 않았던 걸까 걱정되었다. 똑같은 것들을 가지고 전혀 다른 생각을 하진 않은 걸까 심란해졌다. 그 생각의 마지막은 아무 것도 정리되지 않은 채 오늘의 공허함은 또 무엇으로 채워야 하나. 네 대답을 기다리는 내 휴대폰에 중얼거려봐야겠다.

# 눈물 나지 않는 날

꼭꼭 울고 싶은 날. 이런 날이야말로 눈물이 나지 않는다. 슬픈 드라마를 봐도, 슬픈 노래를 들어도, 슬플 만큼 술을 마셔도, 눈물이 나질 않는다. 울고 싶은 건 알겠는데 왜인지는 모르는, 그래서 일단 울고 생각해야 할 것 같은 날.

너와 내가 딱 그랬다. 헤어져야 할 것 같은데 왜 헤어져야 하는지는 모르는, 그래서 그 이유를 나는 찾아야만 했다. 이제 비겁하고 옹졸한, 하지만 그럴싸한 이유들을 나는 읊어대겠지. 그렇게 나 스스로를 설득시키고 너에게 변명해야만 하겠지.

세상 전부인 줄 알았던 너를, 나는 왜 놓기 위해 이렇게 애쓰고 있나. 머리로는 놓았으면서 마음으로는 놓지 못하고 있나.

## 현실과 드라마

까만 테두리 브라운관 속, 내가 꿈꾸던 해피엔딩이 눈에 들어왔다. 세상 모든 아픔을 이겨내고 서로만 바라보는 두 눈이 보였다. 그 눈 속에 비친 서로도 보였다. 너희는 참 아름답고 예쁘고 사랑스럽구나. 어쩌면 그 안이라서 가능한 거겠구나.

나에겐 없을 일,
너희여서 있을 수 있는 일,
걱정 없이 사랑할 수 있는 일,
내가 꿈꾸던 그 일….

행복하렴, 부디 나 대신.

그냥

  그런 줄 알았어. "그냥" 너랑 나랑 사랑만 하면 되는 건
줄 알았어. 그렇게만 하면 우리 평생 행복해질 줄 알았어.
그러면 "그냥" 다 되는 건 줄 알았어.

  내가 멍청했던 건지 그렇게 믿고 싶었던 건지 그렇게
만 옆에 있었으면 했었어. 하지만 그러기엔 우리에게, 너
도 나도 주변도 상황도 "그냥" 놔두기 싫었었나 봐. "그냥"
흘러갔으면 했던 것들이, "그냥" 머물렀으면 했던 것들이,
"그냥" 그러고 싶지 않았나 봐.

  우리 이제 "그냥" 서로를 놓아야 하는 거지?
  쿨한 척, 괜찮은 척, 하기 싫어. 나 버리지 마.

## 새 한 마리

아름다운 새 한 마리. 우연히 만난 그 새에 매료되어 망설임 없이 데려오기로 했다. 나는 정성을 다해 먹이를 주고, 집을 청소해 주고, 눈을 마주치며 사랑을 나누어 주었다. 어느 날 문득 그런 생각이 들었다. 내가 붙잡아둔 저 새는 과연 행복할까. 저 새를 위해 이제 놓아주어야 하진 않을까. 멀리 날아갈 수 있게 보내줘야 하는 건 않을까. 정작 난 새의 의견은 묻지도 않고 그렇게 해야겠다고 결심했다. 그렇게 날려 보낸 새는 낯선 환경에 적응하지 못한 채 여기저기 다치고 상처 입고 있었고, 난 그 모습에 더 아프고 힘들어야 했다.

넌 어떨까. 훨훨 날아가게 해준다면 날아가길 원할까, 머무르길 원할까. 어떤 대답도 무서워 묻질 못하면서 보내야만 한다고 또 혼자 결심하고 있었다. 차라리 보내달라고

말해줬으면 좋겠다. 내 결심에 대한 이유라도 만들 수 있
게, 내 힘듦에 대한 변명이라도 할 수 있게.

넌 어떨까.
훨훨 날아가게 해준다면
날아가길 원할까,
머무르길 원할까.

째깍 째깍 째깍.

　새벽 1시 21분, 22분, 23분. 유난히도 시곗바늘 소리가 크게 들리던 혼자인 밤. 시곗바늘로 고개를 돌리다 문득 시계 위 액자 속의 우리 사진에 시선이 멈춰져 멍하니 바라보았다. 잠시 아무 소리도 들리지 않았다. 그러다 다시금 째각째각 들리는 소리에 정신을 차리고 시곗바늘로 눈을 돌렸다. 시간이 흐를수록 시곗바늘은 엇갈려 멀어져만 갔다. 아주 멀어지나 했더니 또다시 가까워졌다. 멀어지고 가까워지기를 반복하던 시계바늘이 서로 만나는 순간 다른 곳으로 시선을 돌렸다. 우리도 그랬으면 하는 바람으로

　시간이 흐를수록 조금씩 엇갈리는 우리는 어디서부터 문제였던 걸까. 또 문득 궁금해졌다. 우리의 시간은 엇갈

리기만 할 건지, 아니면 언젠간 만날 수 있을는지. 너는 엇갈리길 원할지 만나길 원할지.

43

## 나의 엔딩은 언제쯤인가

애틋하지만 변해가는 과정. 어쩌면 그래서, 나의 이야기 같아서 드라마들이 지겹지 않은걸지도. 주인공은 항상 객관적으로 합리적이다. 내 입장에서 나를 설득하고 있으니, 당연히 객관적으로 합리적인 이유들로 마지막을 장식한다. 꼭 마지막은 누군가는 다치고 상처입어야 마무리가 된다. 그게 악한 사람일지언정.

그래서 나의 엔딩은 언제쯤인가. 엔딩을 향해가는 우리는 지금 변해가는 과정인가. 상처받는, 상처 주는 사람은 누가 되어야 하는 건가. 끝, 반드시 해야만 하는 걸까.

## 다른 생각

너와 진지한 이야기가 나올 때마다 드는 다른 생각.

내가 중심이 된 생각. 너는 나를 모를 거라는 생각. 네가
내 상처도, 내 아픔도, 아무것도 이해하지 못할 거라는 생
각. 내가 세상에서 제일 힘들 거라는 생각.

그 와중에 말하지도 말할 수도 없는 생각.

이렇게 우린 진지한 이야기를 닫아가기 시작했다. 언제
부터인가 점점 말수는 줄어들었고 대화보다 다른 것에 집
중하며 너와 나 사이의 공백은 길어지기 시작했다. 예전의
따뜻함도 관심도 애써야만 찾아볼 수 있게 되었다. 어쩌면
심각한 분위기를 만들기 싫었던 각자의 배려였는지도 모
르겠다.

우린 다른 사람이지만, 같은 생각을 할 줄 알았다. 할 수 있을 줄 알았다.

이렇게 우린 서로 다른 생각을 하며 점점 멀어져 가는구나. 하나의 길은 될 수 없는 거구나. 결국 나는, 그리고 너는 선택을 해야만 하나 보다.

## 같은 시간 다른 준비

네가 우리의 평생을 이야기하려고 할 때 즈음, 난 항상 이렇게 이야기하며 먼저 네 말을 끊었다.

"내가 결혼을 하게 된다면, 누군가와 평생 해야 할 선택의 순간이 온다면, 그건 너일 거야. 그런데 결혼 그거 꼭 해야 하는 거야?"

그럴 때마다 우리는 너와 나의 다름을 또 되새기며 어색한 시간을 만들어 냈다. 그때는 이 정도의 다름은 하나의 뜻으로 모을 수 있으리라 자신했던 너와 나였다. 결국 나의 뜻에 맞춘 건 너였고, 어떻게든 나와 함께 하기 위해 애쓴 것도 너였다. 나의 의견에 스스로를 설득하며 나를 붙잡았던 너의 그 시간 동안, 나는 우리의 다름을 인정하고 멀어질 준비를 했었나 보다. 너를 사랑하지만 다름을 이겨내지 못하는 두려움으로, 우리가 아닌 너와 나였음을 인정하고 있었나 보다.

같은 시간 안에서 우리는 이렇게나 다른 생각과 다른 준비를 하고 있었다. 서로의 옆에서.

## 가늘게 가늘게

문자들이 줄어 들어갔다. 전화의 빈도도 줄어들었고 통
화시간은 더 짧아지고 있었다. 네 카톡은 가장 위에 고정되
어 있었지만 가장 늦은 순서로 미뤄지고 있었다. 하루종일
휴대폰을 손에 들고 있었지만 애써 너를 피하고 있었다.

일어났어, 출근했어, 퇴근해, 잘 자

으레 같은 말만 매일같이 반복되고 있었다. 그럼에도 너는 꿋꿋하게 내가 일어났는지, 출근했는지, 밥은 먹었는지, 맛있는 걸 챙겨 먹었는지, 잘 준비는 잘하고 있는지 꼬박꼬박 반복해 주었다.

어쩌면 그때부터 다른 모든 카톡도 전화도 줄어들었던 것 같다. 너에게만 그럴 수는 없었으니까. 널 마주할 자신도 없었으니까.

이렇게 난 우리의 연결을 조금씩 가늘고 가늘게 만들어 내고 있었다. 언제 끊어져도 이상하지 않게, 왜 끊어져야 하는지는 모르면서.

여행

매년 꼭 두어 번은 챙겨 다녀왔던 해외여행. 미리 비행기 표를 예매하고, 그날부터 여행 준비에 설레며 여행을 준비했다. 어디를 갈지, 무엇을 먹을지, 어디서 잘지, 뭘 챙겨갈지 하나하나 결정하는 그 순간들이 마치 이미 여행을 간 것 마냥 두근거렸다.

그 두근거림이 다시 너와 나를 이전처럼 돌려놓지 않을까 하고 생각했다. 마침 여행을 가야 하는 시기도 맞물렸다. 그래서 흑맥주와 클램트를 좋아하는 널 위해 꼭 한번 가자고 했던 동유럽에 다녀오기로 했다.

아름다운 곳 나와 너, 여기

 여행은 어디를 가느냐보다 누구와 가느냐가 중요하다
고 했던가. 내 마음가짐이 그래서인지 항상 함께한 너와의
여행임에도 평소 같은 설렘만은 아니었다. 그래도 여행이
니까, 그 설렘이 우리를 다시 돌려놓지 않을까 하는 기대
를 잔뜩 안고 비행기에 올랐다.

 공항 문이 열리자마자 크게 한숨을 들이쉬고 너를 보았
다. 어쩐지 너의 감정도 설렘과 지침으로 뒤엉켜 있는 것
같아 더 이상 조잘거리지 않고 얼른 숙소로 가 짐을 풀었
다. 어느새 해가 질 시간. 얼른 맥주라도 한잔해야 할 것
같아서 두 손 가볍게 밖으로 나갔다. 숙소 앞은 프라하성
으로 흐르는 강이 있고, 그 강을 따라 이어져 있는 맥주 가
게에 들어가 시원한 흑맥주에 간단한 음식들을 주문했다.
먼저 나온 맥주를 동시에 벌컥벌컥 들이키고 나니 그제서
야 프라하성에 걸려있는 아름다운 노을이 눈에 들어왔다.

하늘색 노란색 분홍색 보라색, 아른거리는 파스텔톤 하늘. 그 앞에 자리 잡은 프라하성. 잔잔히 흐르는 강.

아름다울수록 난 슬펐다. 매일같이 아름다울 이곳과는 다르게, 우리는 변할 것만 같아서 그래서 더 슬펐다.

다시 볼 수 없을 곳. 그래서 더 꿈같은 곳. 여기 있었다, 오늘, 우리.

부끄러운 나

 나이가 나이니만큼, 가야 하는 결혼식이 많아졌고, 받는
청첩장은 더 많아졌다. 친구들은 "정신 차리고 보니 결혼
식 날짜 적힌 청첩장이 내 손에 있더라" 하고 멋쩍게 웃으
며 나에게 청첩장을 전해주었다. 그러다 나도 혼자 고민할
게 아니라 떠밀려봐야겠다 싶었다. 오랜 시간 만났으니 이
제 부모님께 한 번쯤 소개해 줄 법도 했고, 그 사람도 그의
가족들을 자꾸만 보여주고 싶어 했으니까. 적당한 타이밍
이라고 생각했다.

 "나 만나는 사람 있어" 부모님께 이야기를 꺼냈다. 엄마
는 반 박자쯤 아무 말이 없다가 차분한 표정으로 돌아와
"그래? 어떤 사람인데?"하고 물었고, 곧이어 혹시나 했던
나이, 학교, 직업, 가족관계 같은 질문들을 역시나 쏟아내
었다. 나는 그 사람의 좋은 점들만 더 부풀려 늘어놓기 시

작했다. 그래야 객관적으로 나보다 부족해 보이는 것들이 묻힐 테니까.

그리고 문득 깨달았다. 나 지금 네가 부족하다고 생각하고 있었던 건가? 네가 아니면 안 될 거라고 생각하면서 결국 나도 하나하나 계산하고 있었던 건가? 내가 너무 부끄러워졌다. 너에게 너무 부족한 사람이었다, 내가.

"걔는 안된다."

엄마의 목소리가 메아리처럼 계속해서 귀에 울리는 것 같았다. 반대하는 이유가 설득력 없을지언정 결과는 단호했다. 나도 설득력 없는 이유들로 엄마·아빠를 이해시켜 보려고 했다. 매번 너를 주제로 엄마·아빠와 다투기 시작했고 그 횟수가 늘어나는 만큼 나는 점점 지쳐가기 시작했다. 그와 동시에 엄마·아빠를 만난 후, 그 이후 이야기를 기대하던 너에게 나는 내가 결혼이 싫은 양 변명을 해야만 했다. 너는 아무런 잘못도 부족함도 없는 것처럼, 실제로 그렇긴 했지만. 정말 내가 결혼이 싫은 것처럼, 실제로 그렇지 않았지만.

엄마·아빠만 그런 게 아니라면 어쩌지? 아무도 우리를

축복해 주지 않으면 어쩌지? 나 혼자 억지로 우리를 붙잡고 있는 거면 어쩌지? 우리에 대한 걱정이 늘수록 나는 예민해져 갔고 그 와중에도 너는 이유도 모른 채 나의 예민함을 덮어주기 위해 혼자 애쓰고 있었다. 차라리 애쓰지 말았으면 했다. 왜 그러냐고 짜증이라도 냈으면 했다. 묵묵히 애쓰는 네 모습이 미련스러워 보여 더 예민하게 반응하기 시작했다.

너는 내가 뭐라고 그렇게 붙잡고 있었던 걸까.

## 나로 인해

갑자기 너에게 미안해졌다. 나로 인해 너까지 축복받지 못하는 것만 같아서. 나로 인해 우리가 오롯이 축하받지 못하는 것만 같아서. 너는 아무런 이유도 없이 너라는 존재를 부정당하는 것만 같아서. 내가, 나의 상황이, 지금의 이 모습이 미워졌다.

아무것도 모르는 너는 또 바보같이 네 탓인 양 너를 원망하겠지. 차라리 미워해. 욕하고 화를 내.

아냐, 그것조차도 이기적이지? 내 마음 편하자고 이런 생각을 떠올리는 내가 또 미워졌다.

## 다름

다름을 인정하고 존중해 주는 것은
한 발씩 다가가고 있다는 것.
다름에 대해 하나씩 포기하는 것은
한 발씩 멀어지고 있다는 것.


다가갔다 멀어졌다를 반복하고 있다. 다가가서 손에 잡
힐 줄 알았는데 다시 내 손에서 멀어졌다. 이제 다가가고
있는 건지, 멀어지고 있는 건지 그 거리조차 희미해지는
것만 같다. 내가 한 발씩 움직이고 있는 건지, 네가 한 발
씩 움직이고 있는 건지 누구의 움직임인지조차도 알 수 없
어지는 것만 같다. 우리, 멈춰서야 할 때인 건가.

## 또 다른 다름

시간은 흘러갔다. 너와 나는 각자의 시선으로 우리를 바라보기 시작했다. 이제서야 보이기 시작한 건지, 지금까지 애써 보지 않으려 했던 건지 꾹꾹 눌러뒀던 우리의 다름을 이제는 서로가 인정하기 시작하는 것만 같았다. 너와 나의 다름을 인정하기까지 또 그만큼의 포기도 함께 오고 있었다. 눈에 보이지 않고 누구 하나 이야기 꺼내지 않았지만, 서로의 눈을 보고 서로의 이야기를 들으며 그 끝이 오고 있음을 본능적으로 느꼈다. 그 다름의 끝이 점점 다가오는 동안 너와 나는 또 변했고, 또 다른 다름으로 멀어졌다.

이제 얼마큼 남았니?

Part II

너와 이별하기

## 시간 가지기

　똑같은 주말. 평소와 다름없는 주말이었다. 전날 네 친구들과 함께 모여 술을 잔뜩 마셨고 점심이 한참 지나서야 눈을 떴다. 항상 내가 먹고 싶다던 음식들을 기억했다 먹으러 가자던 너였는데, 어쩐 일인지 훠궈가 먹고 싶다는 네 말에 옷을 갈아입고 화장을 하고 나설 준비를 마쳤다. 어디 가지? 라고 물으며 제일 가까운 홍대 훠궈 집을 찾았고 별말 없이 지하철을 타고 훠궈 집으로 향했다. 도착한 훠궈 집은 제법 한산했고, 한산한 만큼 우리도 조용히 먹는 행동에만 집중했다.

　어느새 뉘엿뉘엿 지는 해를 보며 이미 시간이 많이 지났다는 걸 그제서야 알게 되었다.


　"맥주 한잔할까?"

　"응, 어디서?"

"집 앞에 가지 뭐"

지하철을 타고 홍대까지 가서는, 맥주 마시러는 집 근처로 가자는 시큰둥한 내 대답에 너는 말없이 집 가는 길로 앞장섰다.

집 근처 맥줏집은 내가 좋아하는 흑맥주를 생맥주로 파는 곳이었다. 맥주 한 잔씩을 주문하고 뒤쪽 스크린에 크게 비치는, 행복하게 웃고 있는 커플의 뮤직비디오에 눈을 고정시켰다. 그리고 나는 입술을 뗐다.

"우리 잠깐 시간 가질까?"
"그러고 싶어?"
"응, 그래 보고 싶어."
"그래, 알겠어. 얼마 정도면 되겠어?"
"그냥 한 두 달쯤?"
"응, 그러자."

너는 이유를 묻지 않았다. 화를 내지도 짜증을 내지도 않았다. 마치 다 알고 있었다는 것처럼, 그 시간이 지나면 우리는 더 행복할 것을 믿는다는 거처럼, 담담하게 그 시간을 허락해 주었다.

너는 도대체 어떤 믿음으로 그랬던 거니?

## 떨어져 있어 보기

조금 떨어져 있어 보기로 했다. 서로 이야기하지 않고 웃
지 않고 스킨십 하지 않고 바라보지 않고, 그야말로 의무적
으로 만나고 술 마시고 TV를 보는 우리를 위해, 아니 나를 위
해 왜 의무적인 사이가 되었는지 왜 너를 보내야겠다고 생각
하고 있는지 왜 우리보다 내가 우선이 되었는지, 조금 떨어
져서 생각해 보기도 했다.

아마 다시는 너 같은 사람 못 만날 거야. 날 먼저 생각해
주고 내 가족들, 내 친구들을 챙겨주고 내 기분을 맞춰 주
고 내 의견이 우선이고 내 생활이 먼저인, 너 같은 사람은
다신 못 만날 거야. 이제 죽을 때까지.

그걸 알면서도 너와의 인연을 망설이고 있다. 나 정말
이기적이지?

시간을 가지자고 말한 뒤 네가 제일 먼저 나에게 얘기한 것은, 우리가 함께 있는 단톡방에서 나가달라는 부탁이었다. 네 지인들에게는 직접 설명할 테니, 내 지인들에게도 대강 이야기해달라고 했다. 그 시간 동안 아무것도 모르는 우리의 지인들이 행여나 각자의 시간을 방해할까 하는 네 걱정을 단번에 눈치채고, 나는 알겠다고 대답했다.

얼른 네 이름을 검색해 우리가 함께 속해있는 단톡방들을 확인했다. 너의 지인들, 나의 지인들을 포함해 너무 많은 단톡방에 우린 함께하고 있었다. 자주 만나는 학교 친구며 직장동료에 그냥 알게 된 지인들까지, 이렇게 정리하고 나면 뭐가 남을까 싶을 만큼이었지만 아무 말 없이 각자의 단톡방을 나오기 시작했다. 곧이어 내가 남아있던 나의 지인들에게서 무슨 일이냐는 카톡이 울리기 시작했다.

그리고 담담히 적어 내려갔다.

"그냥, 잠깐 시간 가지기로 했어. 싸운 거 아니야. 자세한 건 나중에!"

아무 일도 아닌 양 덤덤히 말했고, 내가 애쓰는 걸 느꼈는지, 나의 지인들은 오히려 별 반응 없이 지나가 주었다.

너와 나의 인연들은 어느새 풀 수 없을 만큼 엉켜있어서 싹둑 잘라내지 않으면 나눌 수 없겠다 싶었다. 너만 잘라내면 된다고 생각했는데 사실은 더 많은 것들을 도려내야 할 것 같아서, 또 더 많은 것들이 남은 것만 같아서 덜컥 겁이 났다.

## 아무렇지 않다

아무도 없다.

아무도 없어서

아무렇지 않을 줄 알았는데

아무 것도 없어서

아무렇지도 않다.


마음이 그렇다.

또 한 끼를 해결해야 하는 시간. 네가 없는 하루는 아무 렇지 않다는 듯이 쳇바퀴처럼 반복되고 있다. 그 와중에도 배는 고파왔고, 맛있는 건 먹고 싶었다. 냉장고 문을 열어 있는 재료들을 확인하고 뭘 해 먹을까 곰곰이 생각했다. 네가 있을 땐 이런 고민조차 필요하지 않았었는데 나 대신 고민해 주던, 맛있는 음식을 해주던 네가 없으니 이제 모 두 내 몫이 되었다. 고민 끝에 메뉴를 정하고 휴대폰을 꺼 내 레시피를 찾아보았다. 야채만 보고 요리를 결정했는데, 필요한 조미료는 또 뭐가 그렇게 많은지 찬장을 열어 뒤적 뒤적 찾기 시작했다. 거기엔 내가 산 적이 없는 많은 종류 의 조미료들이 가득했고 '이게 왜 있지' 할 법한 양념들도 눈에 띄었다. 너 그동안 정말 많이 애썼구나, 나에게 맛있 는 음식을 먹게 하느라고. 그렇게 꺼내든 조미료들, 간장 두 스푼, 고춧가루 두 스푼, 고추장 두 스푼, 다진 마늘 한 스푼, 굴 소스 한 스푼. 네 기억 한 스푼, 내 이기적임은 두 스푼, 미안함 두 스푼, 변명거리는 세 스푼…. 처음부터 우리에게도 정해진 레시피가 있었으면 좋았을걸. 배려 한 스푼, 이해 한 스푼, 기댐 두 스푼, 믿음 세 스푼, 그리고 사랑은 잔뜩, 이렇게.

그럴싸하게 만들어진 요리는 혼자 먹는 내내 어떤 맛이었는지 알 수 없었다. 아직 너와 내가 어떻게 마무리될지 모르는 것처럼. 배는 불렀지만 마음은 고팠다.

# 빛나는 별

한 걸음이라도 너에게서 멀어지기 위해 멀리멀리 떠난 여행. 빛이라고는 내가 켜놓은 불빛 밖에 없는 곳으로 갔다. 조용하고 시원하고 어두웠던 그곳은 그래서인지 더 많은 별들이 빛나고 있었다. 켜놓은 불빛들을 모두 꺼버리자 기다렸다는 듯이 별들은 더 빛나기 시작했다. 마당 앞 평상에 드러누워 벌레 소리들을 들으며 별들만 쳐다보고 있자니 오히려 아무런 생각이 나질 않았다. 아주 잠시지만 네 생각조차도 나지 않았다. 옆에 네가 누워있었다면 "사랑해"하고 속삭이며 이 적막을 깨 줬을 텐데, 그냥 고요하기만 했다.

흐를 것 같았던 눈물 대신 쏟아지던 별. 너희는 이렇게 반짝반짝 빛나고 있었구나. 그렇게 혼자, 애써가며, 힘들게, 꿋꿋하게, 힘겹게. 그래, 더 반짝반짝 빛나주렴. 아마도 나는 힘겨울 것 같으니 더욱 더 빛나서 그 사람 모르게 그 사람을 비춰주렴. 나 대신 내 몫까지.

## 혼자에 익숙해져 가는 한달

어느새 혼자 마시는 맥주가 익숙해졌다. 혼자 보는 영화
도 드라마도, 혼자 듣는 노래도 아무렇지 않았다. 혼자 눈
뜨는 주말도 혼자 만나는 지인들도 평소와 같았다. 혼자
걷는 길도 혼자 올려다본 하늘도 그대로였다. 네 번의 주
말 동안 나는 우리에게서 더 멀어졌다. 우리 더 이상 가까
워질 수 없으면 어쩌지 하면서도 맘속 깊은 곳에서는 생각
보다 널 그리워하지 않는 것에, 허전하지 않다는 것에, 아
파하지 않는 것에 내심 안도하고 있나 보다.

우리를 위한 시간을 가지자는 변명 속에서 이렇게 너에게서 멀어지는 연습과, 혼자가 아닌 것들에서 혼자인 것들로 채워 가는 노력으로, 새로운 시작을 위해 익숙치 않은 것에 익숙해져 가는 중.

## 뜻밖의 선물

시간을 가진지 한 달. 지친 몸을 이끌고 터덜터덜 퇴근했다. 이미 피곤한 몸에 정신까지 지쳤는지 발걸음만 습관처럼 퇴근길을 반복하고 있었다.

집 앞에 놓인 생각지도 못한 선물. 직감적으로 네가 두고 간 걸 알게 한 선물. 분홍빛 꽃 한 다발과 드림캐처, 작은 공책 속 빼곡히 써 내려간 일기 같은 편지들.

꽃은 언제나처럼 그냥 주고 싶어서 샀을 테고, 드림캐처는 잠 못 들 때마다 이쁜 아이로 하나 들여놓고 싶다는 내 말을 기억해서 샀을 테고, 편지들은 그만큼 나에게 하고 싶은 말들이 많지만 차마 보내진 못하고 썼을 테고….

꽃은 책상 위에 올려두었다. 드림캐처는 차마 꺼내지 못했다. 편지는 펼치자마자 눈물이 나서 읽질 못했다.

다잡아 가는 것만 같은 마음이 흔들릴까 봐 그렇게 아무
것도 열어보지 못했다. 그렇게 내 마음도 다시 열어보질
못했다.

## 부재중 전화

집 앞에 있던 선물과 편지를 받고도 아무 말도 전하지 못
한 채 2주가 흘렀다. 무슨 말을 해야 할지 몰랐고 어떤 말이
너에게 위로가 될지 몰랐다. 어쩌면 위로랍시고 던지는 말
들이 너에게는 상처가 될까 무섭기도 했다. 그래서 나는 침
묵으로 너와 나를 위로하기로 했다. 그렇게 시간은 너와 나
에 대한 아무런 기대 없이 흘러만 가고 있었다.

어느 날 늦은 저녁, 전화가 울렸다. 네 전화였고 나는 늦
게서야 부재중 전화를 확인했다. 전화를 다시 해야 하나,
한참을 고민하다가 너에게 할 말을 찾지 못해서 결국 전화
를 걸질 못했다. 어쩌면 하고 싶은 말이 더 많았을지도 모
르겠지만, 머릿속만 맴돌고 입으로는 나오지 못할 것만 같
아서.

한참을 고민하고 생각하다 시간은 흘렀고, 또 카톡 알림이 두 번 울렸다. 평소엔 잘 보지도 않던 휴대폰을 나도 모르게 잠금 해제하고 울린 카톡을 확인했다. 너였다. 너의 부재중 전화에 어떻게 해야 할지 모르는 나를 보고 있다는 듯이, 부재중 전화에 놀라진 않았는지, 선물은 잘 받았는지, 시간이 더 필요한 것인지, 차근차근 하나씩 궁금할 것들이 긴 글로 적혀 있었다. 두 번째로 울린 알람은 질문이 아니었다.

보고 싶다

그냥 그 한마디였다. 그 한마디를 보고 나니 더 무슨 말을 해야 할지 알 수 없었다. 그렇게 너의 고백에 나는 또 아무 말 없이 침묵으로 대답했다.

이제 상단에 고정되어 있는 네 메시지에는 '보고 싶다'는 말이 걸려있다. 너와 나, 둘 중 누구 하나 다른 말을 하지 않는다면, 나는 카톡을 열 때마다 보고 싶다는 네 말을 볼 수밖에 없게 되었다.

열지 못한 편지

편지를 빼곡히 써놓은 공책을 몇 번이고 열었다 닫았다를 반복했다. 언제까지고 읽지 않을 수는 없으니까 혼자 마시는 술잔 앞에 앉아 마음을 다잡았다. 얼마나 자주 공책에 끄적거렸는지 갈색 표지는 오래된 공책처럼 색이 바래 있었다.

술을 한 모금 마시고 첫 장을 열었다. 익숙한 손글씨에 내용을 읽기도 전에 눈물부터 흘렸다.

그렇게 또 아무 것도 읽질 못했다.

어떤 말도 할 수가 없어서, 기다리고 있을 너에게 아무런 답도 보내질 못했다.

매일같이 써 내려간 편지에는 그간 나에게 하고 싶었던 말들이 봇물처럼 적혀있었다. 처음 만날 날, 고백할 때 보여준 영상, 꼭 기억나는 스페셜한 날들, 우리의 일상과 주변 사람들 안부, 너의 일상, 내가 돌아간다면 함께 하고 싶은 것들, 그리고 느끼지 않을 수 없을 법한 애정표현까지…. 그 와중에도 비 오는 날은 우산은 챙겼는지, 잠을 깨진 않았는지, 술은 많이 마시지 않는지, 계획되어 있던 출장은 잘 다녀왔는지, 편지엔 온통 내 걱정이 묻어있었다.

읽는 내내 우리의 처음부터 지금까지, 그리고 네가 그리고 있는 그 다음까지 한편의 영화처럼 지나갔다. 영화의 스토리는 마치 내가 아니면 너라는 사람은 아예 존재하지 않는 것만 같았다.

그렇게 너는 이 시간들을 견뎌내고 있었구나. 내가 돌아올 거라는 믿음으로. 안돼. 그러지 마. 너도 이제 떠나갈 준비를 해야 해.

편지 2

끝까지 읽고 보니 적어도 100페이지는 넘어 보이는 편지들이었다. 일기처럼 매일 하고 싶은 말을 써 내려간 그 글의 마지막은 같은 말이었다.

"다시 같이 가보자."

반드시 내가 돌아올 것이라고 주문이라도 외우듯이, 한 번을 빼놓지 않고 마지막을 장식했다. 종이에 적은 한 글

자 한 글자가 때로는 애원하듯이 때로는 믿는다는 듯이 나
에게 외치고 있었다.

　너의 외침에 나는 무어라고 답변해야 할까. 어떤 답변인
들 너에게 위로가 될까.

상단에 고정되어 있는 카톡 대화창으로 보이는 네 프로필 사진이 바뀌었다. 알고 싶지 않았지만 어쩔 수 없이 보게 되었다. 너와 내가 함께 하던 시간이 아닌, 네가 혼자 있는 시간으로 너는 보란 듯이 바뀌버렸다. 마치 나더러 이렇게 혼자 기다리고 있으니 얼른 답을 달라는 외침처럼 느껴졌다.

네 마음을 알 것도 같았다. 그와 반대로 내 마음은 나만 모르고 있는 것만 같았다. 나는 단단한 것 같으면서도 위태로웠다. 너는 지금 보이는데 금방 사라질 것만 같았다. 내 마음을 확인하고, 그리고 너에게 보여주고 나면 정말 네가 사라질 것만 같아서, 그렇게 진짜 내 마음과 네 마음을 알게 될 것만 같아서 무서웠다. 그래서 또 피해야만 했다.

언제까지 피할 수 없을 거라는 걸 알고 있다. 그래도 또 그렇게 너의 소리 없는 물음에 나는 아무런 대답도 없이 지나쳤다.

## 나를 위한 이기적인 날

나를 위해 너를 보내고 있는 날들….

이기적인 나를 위해

오늘도 내 스스로 너를 한 걸음 더 보낸다.

결국 난 나를 선택했다.

나중에 언젠가 눈물 나게 후회하겠지.

후회할 걸 알면서도 지금의 나를 위해

한 걸음씩 너를 보내고 있다.

## 도망

미루고 미뤘던 마음을 다잡아야만 했다. 언제까지고 이렇게 흐지부지 있을 수는 없는 노릇이었다. 너도 어렴풋이 나의 마음을 알고 있으리라 생각되었다. 서로의 마음을 알면서도 서로가 모질게 마지막 점을 찍지 못하고 있었으니, 그 마지막을 내가 마무리해야 할 것 같았다. 그러기 위해서는 내가 내 마음부터 결정해야 했다.

사실은 알고 있었다. 나의 이런 고민들과 행동들로 인한 그 시간 동안, 우린 이미 무너졌다는 것을. 이제 너와 나의 좋고 싫음은 두 번째 문제였다. 우리는 너무 오랜 시간을 함께 했고, 서로를 너무 잘 알았다. 다시 만난다고 한들 이제는 전과 같지 않으리라. 이런 반복된 생각들 끝에 결론은 우리의 끝이었다. 이제 남은 건 변명을 찾는 일. 너에게 얘기할, 그리고 또 주변에 얘기할, 그 변명거리.

너 이제 나에게서 멀어질 거잖아. 난 널 버리는 게 아니야. 네가 가기 전에 내가 먼저 도망가는 거야.

"오랜만이야."

시간을 가지기로 한지 두 달 되기 하루 전, 뜬금없이 카톡을 보냈다. 너는 아무렇지도 않게 잘 지내냐고 금방 답장을 보내왔다. 내일이 금요일이기에 혹시 다른 선약이라도 있을까 시간이 괜찮은지 물었고, 너는 기다리고 있었다는 듯이 주말 시간을 모두 비워놓고 있었다. 장소는 내가 좋아하는 연어 집으로. 내일 우린 거기에서 보기로 했다.

그리고 또 한참이 지나서 카톡이 왔다. 먼저 연락 줘서 고맙다고, 목소리가 듣고 싶지만, 내일 잔뜩 듣겠다고.

덜컥 겁이 났다. 네가 듣고 싶어 하는 목소리로 내가 마지막을 말해야 한다는 것이. 그렇게 많은 것을 준 너에게 이제 나는 상처밖에 주지 않을 거라는 것이. 그 모든 것들이 이제서야 무서워졌다.

## 헤어지는 날

퇴근을 하고 약속 장소로 향했다. 출근 후 화장실도 못갈 만큼 바빠서인지 화장은 엉망으로 번져있었다. 립스틱을 꺼내 다시 바르고 연어 집으로 향했다. 먼저 도착해 있던 너는, 카톡으로 앉아있는 자리를 알려주었다.

문을 여니, 보이는 너의 뒷모습. 어떻게 알았는지, 타이밍에 딱 맞춰 뒤돌아 나를 보고서는 눈으로 인사했다. 나는 앞자리에 앉았다. 하필이면 너는 내가 선물로 맞춰준 정장을 입고 있었다. 시간을 가지기로 했던 두 달 동안 얼마나 열심히 운동을 하고 가꾸었는지, 살도 빠졌고 헤어스타일도 바뀌어 있었다.

"잘 지냈어?"

"응, 살 많이 빠졌네. 스타일도 많이 바뀌고."

"네가 살찐 거 별로라고 했잖아. 넌 항상 예쁘게 하고 나

만났는데, 나도 노력해야지."

"이쁘다. 옷도 잘 어울리네."

"살이 많이 빠져서 다시 피팅 했어. 옷 입은 거 꼭 보여 주고 싶어서 입고 나왔어."

이런저런 얘기들이 이어졌고, 시원한 맥주와 함께 주문한 연어와 요리들이 나왔다. 술 한 모금에 요리들을 한입씩 먹으며 우리는 또 의미 없는 이야기들을 나누었다. 그리고 뜬금없이 너는 담담하게 우리 이야기를 시작했다. 이상하게도 너와 내가 앉아 있는 곳만 공기가 낯설었다.

"어때? 마음은 정해졌어?"

"나 자신이 없어. 그만하고 싶어."

"괜찮아. 네 선택이잖아. 네가 어떤 결정을 하던 다 괜찮아."

"미안해. 미안해…."

연어는 몇 점 먹지도 못하고 울기 시작했다. 이미 예상

하고 있었다는 듯한 네 모습에 더 미안해져왔다. 잘한 것
도 없으면서 눈에선 그렇게 눈물이 멈추질 않았다. 말로
할 수 없는 미안함에 아무 말 없이 바닥만 바라보고 앉아
서는 훌쩍임도 없이 눈물만 주룩주룩 흘렸다. 그 와중에도
넌 그런 날 추스르고 달래서 가게를 나왔다.

"이건 이제 네가 가져가."

　네 손가락에 끼워져 있던 커플링을 빼서 내 손바닥에 올
렸다. 그리고 내 손을 꼭 쥐여주었다. 몇 초쯤 꽉 쥐어진

내 손 위 네 손에서 따뜻한 온기가 전해졌고, 금방 그 손을 떼어내 나에게서 등을 돌렸다. 혹여라도 너를 잡을까 봐 나도 등을 돌렸다. 그렇게 우리는 각자의 길로 걸어갔다.

## 마지막 메시지

헤어지고 집으로 돌아가는 길. 펑펑 울면서 집까지 걸어 갔다. 영화에서 이별한 주인공이 펑펑 울며 거리를 걷는 장면은 영화라서 가능한 것이라고 생각했는데, 그 주인공 이 내가 되어있었다.

걷는 와중에 카톡이 울렸다. 종종 네가 핸드폰에 써놓 은 메모를 캡쳐한 이미지였다. 폴더명은 "다시 시작". 가끔 내가 보고싶다며 우리 집 근처 버스정류소에서 기다린 일, 우리집 창문 불이 꺼지는 걸 보고 돌아간 일, 우리집 근처 역을 지날 때 혹여나 내가 있을까 두리번 거린 일, 뜬금없 는 내 카톡에 놀란 일…. 이런저런 나와 관련된 일들이 적 혀있는 메모였다. 그리고 마지막 메시지가 나타났다.

- 기다린다고 희망고문 가지지 않을께. 너도 부담가지

지 말고 나보다 네가 먼저였던 것. 후회한 적 없어. 미안해

하지마요. 언제든지….


　그리고 나도 마지막 메시지를 보냈다.


　- 고마워. 정말이야


　이렇게 우리는 끝났다.

노력

노력했다고 말할까 했다. 내가 너를 사랑하고 있는 거라고 나를 설득시키기 위해서, 너와 내가 헤어지지 않을 이유를 찾기 위해서, 너를 더 사랑하기 위해서.

너와 내가 보낸 시간들에 미안해서, 나로 인해 작아지는 것만 같은 너에게 미안해서, 이런 이유들을 찾고만 있는 나에게도 미안해서, 더 많이 노력했다고 말해볼까 망설였었다.

사랑이 노력한다고 되는 건 아니잖아. 아니, 사랑을 노력해보겠다고 하는 게 우습잖아.

아무 말도 꺼내지 못하고 삼켜버렸다.

## 한 번은 붙잡아주기

언젠가 네가 그랬다. 우리 누군가가 헤어짐을 말하게 된다면, 그래서 결심을 해야 하는 순간이 온다면, 그때는 꼭 상대가 한 번은 붙잡자고. 그게 네가 될 것 같다는 이야기에 나는 그럴 리가 있냐며 웃으며 넘기고는 했다.

이 순간이 오게 될지 몰랐다. 네가 말하던 것이 이렇게 현실이 될 줄 몰랐다. 그 결심을 하게 될 사람이 나일 줄, 붙잡아야 하는 상대가 너일 줄 몰랐다. 어쩌면 너는 온몸으로 온 마음으로 나를 붙잡고 있는 건가 생각이 들었다. 가지 말라는 말만 하지 않았을 뿐, 오롯이 나를 보고 내가 다시 그 자리로 돌아갈 것이라는 확신에 찬 네 모습이 그 증명이었다.

그때 왜 '한 번은 붙잡자'고 얘기하고, '꼭 돌아오자'고는 하지 않았니. 우리가 이별할 지금을 그때 알고 있었던 것처럼.

Part III

마음으로 인정하기

## 이별의 무게

모든 것들과의 이별이란 쉽고도 어렵다. 헤어짐 후에는 언제쯤 만나게 될지, 아니 만나게 될 수 있기나 할지 아무도 장담할 수 없다. 그것이 사람이든 사물이든 하다못해 그저 스치는 나뭇잎이라 할지언정. 내가 무시하면 가벼워지고, 또 내가 정을 주면 어려워지는 건가 보다. 그래서 나는 남들이 아무렇지 않게 버리는 물건 하나도 네 손길이 닿아있다는 이유만으로 너와의 이별로 이어지는 것만 같아서 쉬이 버리지 못하나 보다. 네 손길 한번 닿은 물건조차 버리지 못할 정도이니 너와는 더더욱 어려운 건가 보다.

부디 모든 이별이 가볍지 않길, 하나의 인연에 대한 끊어짐이니. 너와 나의 인연은 단순한 하나 그 이상의 인연이었을테니. 네가 보낸, 아니 어쩌면 너와 내가 함께 보내버린 우리 인연, 내가 네 몫의 무게까지 견뎌보려 해.

그게 우리 인연의 예의라고 생각하니까.

## 헤어짐을 알리는 일

한동안 너와의 헤어짐을 누구에게도 얘기하지 않았다. 나의 행동과 표정과 일의 변화들이 너와 아무 상관이 없음에도 모두 너 때문이라고 이야기할 거만 같아서, 오히려 악착같이 평소와 같음을 유지했다. 그러기 위해 가끔씩은 아무렇지도 않게 네 이야기를 하기도 했다. 시간이 한참 흐르고 나서야 나는 가까운 지인들에게 너와의 헤어짐을 알리기 시작했다.

"왜 헤어진 거야?"

너와의 헤어짐을 말했을 때, 꼭 돌아오는 질문이었다. 그 질문이 싫어서 너의 안부를 묻는 사람 말고는 내가 먼저 얘기를 꺼내지도 않았다. 결론을 냈지만 나도 알 수 없는 이유를 구구절절 말하고 싶지도 않았고, 어설픈 위로와 너와 나에 대한 평가는 더더욱 듣고 싶지 않았다. 어쩔 수 없이 너와의 헤어짐을 이야기할 때면, 누군가는 너를 욕했고 누군가는 잘 되었다고 얘기해 주었고, 또 누군가는 그럴 때가 되었다고 이야기했다. 그러면 나는 아무런 대답 없이 멋쩍게 웃으며, "그러게요" 하고 얼버무려 버리곤 했다. 그리고 그 순간들은 점점 더 나에게 어려운 시간들이 되었고 그게 싫어서 점점 혼자 있는 시간을 늘려갔다. 혼자 영화를 보고 혼자 술을 마시고 혼자 책을 읽고 혼자 걸었다. 떠나간 건 너 하나인데 내 모든 시간들이 혼자가 되었다.

다짐하다 기억한 날

결정했다.
지금의 날 혼자 두는 너를 원망하기보다
그때의 나를 소중히 아껴준 너에게
감사하기로 했다.

오늘따라 왜 이렇게
더 억지로 감사해야만 한다고 다짐하며
또 그렇게 한 번 더 너를 기억하고 있나.

누가 나 좀 말려줘….

## 대화창

제일 상단에 고정시켜 놓았던 우리 대화창.

어플을 열어볼 때마다 대화창이 보였다. 마지막으로 네가 한 말이 한 글자 한 글자 눈에 들어왔다. 그 마지막 문장만 몇 번째 읽고 있는 건지, 평생을 잊지 못할 만큼 읽어내고 있었다.

하지만 다시 열어보질 못하는 우리 대화창.

은은하게 남았으면 했던 기억들이 더 단단하고 선명하게 살아날까 봐, 그때를 곱씹으면 나를 더 아프게 할까 봐, 무서워서 겁이 나서 열어보지 못하고 있는 대화창. 행여나 내가 너에게 무슨 말이라도 보낼까 봐 차마 열어보질 못하는 너와 나의 대화창.

언제까지 대롱대롱 가장 윗자리를 차지하게 할 건지. 대화창 고정을 풀어버리면 우리 대화창은 자꾸 뒤로 밀려날 텐데, 아직은 너보다 우선인 것들을 만들고 싶지 않았다. 열어보지 못하는 건지, 고정 해제를 하기 싫었던 건지, 아직도 매달려 있다. 너와 나의 대화창이.

## 도망가다듯이 떠나다

매년 크리스마스이브를 시작으로 새해까지 맞이했던 우리의 집구석 파티. 우린 매년 그 기간 동안 집에서 나가지 않아도 될 만큼의 음식과 술을 사두고, 매 끼니 집에서 요리를 하고 하루 종일 드라마를 봤지. 해가 지면 술을 마시고, 번갈아 친구들을 초대하며 일 년간의 우리를 다독이고 새해 첫날을 맞이하곤 했어. 춥고 사람 많고 시끄러운 밖이 아닌, 따뜻하고 조용하고 우리끼리 떠들수 있는 집구석에서. 그 파티를 위해 한 달 전부터 우린 티격태격하며 함께 메뉴들을 정하고 드라마를 찾아보며 준비했잖아. 난 그 한 달 전부터 좋았어. 마치 여행을 준비하는 것처럼.

언제나처럼 당연히 함께 보낼 수 있을 거라 생각했던 크리스마스와 연말을 이제는 예전처럼 보낼 수 없게 되었네.

그래서 다가오는 크리스마스와 연말에는 도망가려고, 집 구석에서. 집에 남아있으면 자꾸만 집구석 파티가 기억날 것 같거든. 그래서 멀리멀리 비행기 타고 도망가 있으려고. 연말인지, 추운지 모를 것 같은 따뜻한 나라로.

그때처럼 매년 함께 보낼 수 있을 줄 알았다. 언제까지고 함께일 줄 알았다. 당연했던 연말 집구석 파티는 사라지고 나는 도망가듯 떠난다. 우리가 아니어서 도망간다. 서울에서, 한국에서, 거기에서, 마음에서. 진짜 여행을 가는 건데 왜 이렇게 마음은 설레지 않을까. 그때처럼. 내 선택이었지만, 이만큼은 힘들어도 되겠지? 힘들어야 하겠지?

# 끊어내기

하나씩 끊어내는 중.

그동안 망설였던 것들
사소한 것들
당연하던 것들
멈춰있던 것들
습관같은 것들

페이스북도
카카오톡도
즐겨찾기도
앨범 속 사진도

크리스마스를 기념으로

멀리 도망친 기념으로

울어도 아무도 모를 옥상 호텔수영장에서

눈물을 뚝뚝 흘리며

맥주를 마시며

구질구질하게 끊어내는 중


크리스마스 선물이야.

메리 크리스마스, 나에게

아파도 혼자

고향에 내려갔다가 벌건 대낮에 넘어졌다. 그렇게나 튼튼한 나인데, 어느 누구에게 체력 하나는 지지 않는 나인데, 그냥 풀썩 넘어졌다. 눈썹 아래가 찢어졌고 피가 흘렀다. 눈물인지 피인지 여하튼 뚝뚝 흘렀다. 깜짝 놀란 엄마는 수건으로 내 눈을 감싸고 날 응급실로 데려갔다. 결국 열두 바늘을 꿰맸고, 한동안 퉁퉁 부어있는 채로 한쪽 눈을 가리고 다녀야 했다. 다시 서울로 돌아오니 꿰매놓은 눈두덩이가 유난히 더 아려왔고, 나는 혼자였다. 네가 있었다면 제일 먼저 달려왔겠지. 역까지 쫓아 나와 어디 보자며 호들갑을 떨었겠지. 한쪽 눈으로 뭘 하겠냐며 집까지 와서는 내 손발이 되어줬겠지. 그러고 보니 문득 혼자더라. 그래, 맞아, 나 이제 혼자지.

상처는 아려오고, 눈물이 나고, 기억은 살아나고, 초승달이 떠있다. 그 와중에 "너 잘 사니? 잘 지내니?"하고 초승달에게 대신 안부를 물었다. 자꾸만 아려오는 것이 꿰매져 있는 상처인지, 마음에 있는 상처인지 이제 나도 모르겠다. 꿰맨 상처가 아물 때 즈음엔 내 마음속 너도 아물어 있었으면 좋겠다.

## 흔적지우기 l

나에게 묻어있는 네 흔적들을 지워보기로 했다. 그러기 위해서 눈에 보이는 것부터 버리기로 했다. 함께 웃고 있는 액자도, 함께 맞춘 옷도, 네가 준 선물들도, 네가 누웠던 베개도. 다 버리려고 하다 보니 내 방에 있는 것들을 다 버려야만 할 것 같았다. 그렇게 하나씩 꺼내든 물건들이 방바닥에 가득 펼쳐졌다. 하나하나 담겨있는 기억들로 온 방안을 채운 것만 같았다. 그 와중에도 버리지 못할 물건들을 조그마한 박스에 넣어두고, 남은 물건들을 쓰레기봉투에 넣었다. 그 기억들도 다 버려졌으면 하는 마음에 더 꾸깃꾸깃 눌러 담았다. 그렇게 싸매어 놓은 쓰레기봉투를 버렸는데 이상하게 마음은 더 무거워졌다.

버리는 것까지가 이별.
너는 나를 다 버렸니?

눈에 보이는 많은 것들을 치웠다고 생각했는데, 생각지도 못한 것들이 더 많이 남아 있었다. 어떤 걸 지워야 할지 몰라서, 우선 생각나는 대로 적어보았다.

페이스북 탈퇴하기, 프로필 사진 바꾸기, 공유하던 음악 감상 어플 로그아웃하기, 사진 지우기, 커플 어플 삭제하기, 즐겨찾기 되어있는 네 집 주소 삭제하기, 커플 통장 자동이체 해제하기, 같이 쓰던 체크카드 버리기, 전화번호 단축번호 해제하기, 네 친구들 전화번호 지우기….

보이는 것보다 보이지 않는 것들이 더 많은 건가 싶었다. 나도 모르게 남긴 흔적들은 이것보다 더 많을 테지. 하나씩 지우려면 또 하나씩 너를 꺼내야만 하는데, 그때마다 용기가 날지 걱정되었다. 이렇게 지우고 지워내도 또 나타

날 흔적들에 덜컥 겁이 났다. 너의 모든 흔적을 지워내는

날이 오기나 할는지, 이러고 있는 내가 우스워졌다.

## 하루와 하루 사이

서울에 올라와 혼자 지내게 된 이후로는 모두 잠드는 시간이 되어도 쉬이 잠들지 못하는 날들이 반복되었다. 평일이면 두 눈을 억지로 감고 몇 시간을 어둠 속에서 잠들길 기다리다 겨우 잠들었고, 그마저도 알람이 울리기 전까지 몇 번이고 깨기를 반복했다. 그렇게 잠들지 못하는 날 위해 꼭 자정 무렵이면 알람처럼 전화해 주던 너였다. 어떤 날은 아가에게 들려주는 자장가처럼, 어떤 날은 온전히 마음이 평온해지는 클래식처럼, 잠들지 못해 예민해져 있는 나를 안정시켜 주던 네 목소리가 매일 밤 나를 찾아와 주었다.

그렇게 내 하루와 하루 사이에는 네가 닿아있었다. 하루의 끝과 하루의 시작이 있는 곳에서 나를 살게 해준 너였다. 네가 없는 그 하루와 하루 사이 틈은 1초보다 짧을 줄 알았는데, 하루보다 더 긴 시간이 되었다.

내가 닿아있지 않은 어제와 오늘은 또 얼마나 긴 시간이
되어 날 괴롭힐지 걱정되는 밤이다.

# 문득 나온 그 노래

어제와 같은 밤. 언제나처럼 랜덤으로 재생해둔 노래. 그러다 문득 네가 좋아하던, 나에게 들려주던 그 노래가 흘러나왔다.

내 일상에는 이렇게 구석구석 보이지 않는 곳에 네가 묻어있어서, 그럴 때마다 네가 날 지켜보고 있는 기분이다. 얼마나 괴로워하나, 얼마나 힘들어하나, 얼마나 잊지 못하나, 어디선가 날 보고 있을 것만 같아서, 더 괴롭고 더 힘들고 더 잊지 못해야 할 것만 같다.

이런 핑계로 너를 지우는 날을 또 하루 미뤘다.

너는 어때

나는 이제 혼자가 익숙해. 우리가 하던 것들이 내가 하는 것이 되었어. 영화와 공연과 뮤지컬을 보는 것도, 맛있는 것을 먹고 술을 마시는 것도, 이제 우리가 아니고 나야. 너와 함께했던 곳들은 아직 혼자서는 힘들지만, 그래도 곧잘 다니고는 해. 그러다 보면 가끔씩 거기에 머물러 있는 그때의 우리가 나타나 가만히 그때의 우리를 바라보고는 해.

너는 어때? 나와 하던 것들을 나 없이 하는 것에 익숙해? 그리고 너도 그래? 아무렇지도 않다가도 갑자기 그 시간들이 오고 그래? 난 그래. 네가 오는 건 아니더라도 그때 우리의 시간들이 오고는 해. 그래도 그땐 난 웃고 있었고, 행복해 했었고, 널 좋아했었고, 그런 시간들이었으니까.

좋다. 내가 이렇게 아파해서. 기억하고 힘들어해서.

기다려도 오지 않는 아침

덜컹덜컹. 태풍이 몰려온 날 밤, 쉬이 잠들게 할 수 없다는 듯이 비바람이 세차게 창문을 두들겨대기 시작했다. 잘 자다가도 빗소리에 잠에서 깨어버리는 나인데, 오늘 밤은 '잠은 다 잤구나' 싶었다. 역시나 불을 끄고 눈을 감고 한참이 지나고도 잠에 들지 못했고, 잠들기 위해 애쓰는 내가 내 스스로도 안쓰러운 생각이 들어 차라리 책이나 읽자 하고 불을 켰다. 하필이면 빌려놓은 책들이 슬프고 슬픈 이별 이야기들이어서 세찬 빗소리에도 아랑곳하지 않고 네가 떠올랐다. 책 한 페이지마다 우리가, 또 한 문장마다 네 표정이 내 눈앞에 담겼다.

잠들기 위해 애쓰는 것과 너를 떠올리지 않기 위해 애쓰는 것. 둘 중 어느 것이 더 쉬웠을까. 아니, 둘 다 내 의지로 할 수는 있는 일일까. 아무것도 하지 않기 위해서는 아침이 밝아야 하는데 아무리 기다려도 아침은 오지 않았다. 그렇게 나는 또 우리의 기억을 물고 늘어지며 이 시간이 지나가길 기다렸다. 기다려도 오지 않을 너를 기다리듯이, 기다려도 오지 않을 것만 같은 아침을 기다렸다.

## 덕지덕지

하나씩 하나씩 떼어내고 있는 중. 나의 기억에서, 나의 마음에서, 아무리 떼어내고 떼내어도 여전히 남아있는 너를 또 떼어내고 있는 중이다. 이제 다 떼어냈다고 생각했는데, 아직도 한참 남아있었나 보다. 떼어낸 자리에는 덕지덕지 흔적이 고스란히 남아있었다. 떼어내기만 하면 될 줄 알았는데, 그 흔적들은 또 어떻게 지워내야 하나. 그렇게 덕지덕지 내 시간에 붙어있던 너를 오늘도 나는 부질없이 떼어내고 있는 중.

두통

멍 때리며 앉아있는 주말. 아무것도 하지 않고, 시선만
TV로 향해있던 주말. 가만히 앉아있었는데 갑자기 머리
가 아파왔다. 점점 심해진 두통에 약을 꺼내 먹었다. 이제
괜찮아지겠지 하는 시간이 지나고도 두통은 쉬이 사라지
지 않았다. TV를 꺼버리고, 잔잔한 노래를 재생한 후 침대
에 누워버렸다. 그렇게 한참을 천장만 쳐다보니 시간이 곧
잘 흘렀다.

그러다 문득 깨달았다.

내 기억이 아픈 거구나. 앓던 기억들이 더 아파진 거구
나. 네가 있던 그 기억들이 또 아플 때가 온 거구나. 그래.
그런 거라면 오롯이 아파야지. 네가 있던 기억이 아픈 건
데, 그 아픔은 모두 감당해야지.

낫지 않는 두통에도 더 이상 약을 먹지 않았다. 언제 끝날진 모르겠지만, 언젠가는 끝이 나겠지. 두통도, 이 기억도.

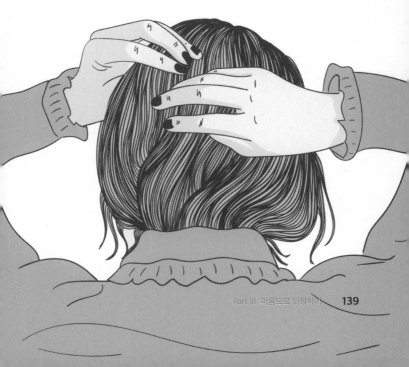

| Mon | Tue | Wed | Thu | Fri | Sat | Sun |
|-----|-----|-----|-----|-----|-----|-----|
|     |     |     | 1   | 2   | 3   | 4   |
| 5   | 6   | 7   | 8   | 9   | 10  | 11  |
| 12  | 13  | 14  | 15  | 16  | 17  | 18  |
| 19  | 20  | 21  | 22  | 23  | ☆ 24 | 25  |
| 26  | 27  | 28  | 29  | 30  | 31  |     |
|     |     |     |     |     |     |     |

## 벌, 알지 말아야 할 기념일

딩동. 어플이 울렸다. 알고 싶지 않은, 알지 말아야 하는 기념일이 울렸다. 우리가 계속 만났다면 오늘이 2,900일이라고, 네가 손수 설치해 준 어플이 알려준다. 그동안 몇 번의 기념일들이 울렸었는지, 익숙하고 당연하다는 듯이 알려준다. 나는 나에게 주는 벌인 양 떠있는 어플의 알람을 굳이 지우지 않았다. 폰을 꺼내볼 때마다 괴로워 보라는 듯이 지우지 않았다. 지우고 나면 예뻤던 추억도 사라질까 봐 지우지 못했다.

내 폰에서 울리는 이 어플, 아직 네 폰에서도 울리고 있을까. 나에게 알려준 것처럼 너에게도 알려주고 있을까. 지우지 못하고 있는 건 후회인가 미련인가 추억인가.

# 빛나는 별

  내 옆에서 반짝반짝 빛나던 별. 시간이 흐르고 흘러 그 별이 빛을 잃은 것처럼 보였다. 그래서 보냈다. 더 이상 빛나지 않아 보였으니까. 이제 빛을 잃었으니 목적을 다했다고 생각했다. 잉크를 다 써버린 펜처럼. 그렇게 당연하다는 듯이 보내기로 했다.

  떠나고 나서야 알겠더라. 사실은 계속해서 반짝이고 있었다는 것을. 그 빛에 내가 익숙해졌을 뿐, 사실 별은 더 밝게 빛나고 있었다는 것을. 멀어질수록 별은 더 반짝였고 멀어져서야 나는 그 별이 더욱 그리워졌다. 이미 손에 닿지 않을 곳으로 가서야 깨달았다. 별이 옆에 있어야 나도 빛날 수 있었다는 것을.

## 우리 시작한 날

그날. 내 일상 곳곳에 숨어 있는 그날. 여기저기 엄청 숨겨 놓은 그날. 작년까지만 해도 우리의 축복같았던 그날. 항상 함께 했던 그날. 또 돌아온 그날. 앞으로도 계속 날 찾아올 그날. 우리 처음 시작한 날.

시작했던 날인만큼 우리가 끝냈던 곳에 와봤어. 혼자, 이쁘게 화장하고 고운 옷 입고 마치 숙제를 하는 것처럼. 난 이렇게 우리가 함께 마지막을 보낸 이 곳에 있는데, 넌 어디에서 뭐하고 있니? 미련이 있어서가 아니라 미안함 때문이겠지. 그래서 난 이렇게라도 널 보낸 벌을 받으려고.

난 그렇게 혼자 앉아 우리가 마지막으로 함께 먹은 메뉴를 시켜두고, 한참동안 그날의 사진을 지웠다. 그런데도 다 지우질 못했다. 그렇게 길고도 많은 시간이었다. 우리

함께한 시간들이. 그러고 보니 사진첩에 예쁘게 찍혀 있는
꽃에 눈이 머물렀다. 작년 이날, 네가 내게 준 마른 그 꽃
은 아직도 내방에서 마르고 있다.

## 다친 메모리

　나는 사진을 많이 찍는 편이다. 먹은 음식, 눈에 담은 파란 하늘, 읽는 책의 좋은 구절, 들르는 가게의 모습과 같은 일상들을 꼭 사진으로 남겨둔다. 그 사진들을 볼 때면 마치 일기를 써놓은 것 마냥 언제 누구와 뭘 하고 무슨 생각을 했는지, 하나하나 그 순간들이 떠올라 종종 휴대폰 속 앨범을 열어 한참을 들여다보고는 한다. 그래서 내 휴대폰은 항상 대용량 외장메모리가 필요했다.

　그러던 어느 날, 휴대폰이 울렸다. "더 이상 저장할 수 있는 공간이 없습니다" 하고. 저장되어 있는 사진들을 지워야만 하는 순간이 왔고, 내 앨범 가장 아래부터 천천히 거슬러 올라가며 어떤 사진을 지워야 하나 생각했다. 하필이면 시작부터 너였고, 또 모든 순간이 너였다.

이제 끝났대. 내 휴대폰이 기억할 수 있는 순간이 끝났대. 그동안 너와의 기억들이 여기 있는데, 이제 더는 기억할 수 없대. 너와 나의 기억을 지워야 다음을 기억할 수 있대.

그럴 거면 지금부터는 아무것도 기억하지 못했으면 좋겠다고 생각했다. 너와의 추억이든, 앞으로의 그 무엇이든, 그냥 아무것도 남지 않았으면 생각했다. 너와 나의 기억을 지워야만 앞으로의 일을 기억할 수 있다면, 그건 아무런 의미가 없는 기억이라 생각했다. 그렇게 한참을 아무 것도 지우지 못했고 한동안 나의 일상은 기록되지 않았다.

## 떨어질 나뭇잎

선선해진 가을 저녁. 매년 금방 사라지는 가을이라서, 지금 잠깐의 가을을 만끽해 주어야 할 것만 같았다. 가벼운 카디건을 하나 챙겨들고 한적한 거리로 나섰다. 어둑어둑 지고 있는 노을에 곧 떨어질 것만 같은 나뭇잎들이 아슬아슬하게 매달려 있었다. 언젠가는 떨어질 나뭇잎들에게, 하루라도 더 늦게 떨어지길 바라야 하나, 아쉬워도 그때 즈음 아름답게 떨어지는 걸 지켜봐야 하나. 떨어져 버린 너와의 기억들은 어떤 마음이었을까? 아니, 어쩌면 애써 나에게서 더 빨리 떨어지길 원했던 걸까? 난 있잖아, 사실 붙잡고 싶었어. 아니, 네가 더 애써 잡아줬으면 했던 것 같아. 내게서 떨어지는 그 마지막 순간까지도.

아직까지 내 마음이 어릴 적 그대로인가 보다. 제시간에 맞춰 물을 주고 적당히 햇빛만 비춰주면 무럭무럭 푸르고 아름답게 자라 줄줄 알았던, 그 생각에서 멈추었나 보다. 관심과 애정으로 돌보아야 하는 마음을 아직도 모르나 보다. 그래서 너도 그렇게 보내고, 떠나는 걸 지켜만 보았나 보다.

Happy Birthday
for me

## 내 생일

오랜만에, 아니 처음으로 맞이하는 미역국 없는, 눈 떴을 때 곁에 아무도 없는, 딱히 이렇다 할 약속도 없는, 그런 평범하고도 특별한 날. 매년 내 생일이면 미역국에 맛있는 요리들을 가득 차린 한상으로 아침을 맞이하게 해주던 너였는데, 그런 네가 없다. 생일마다 네가 나에게 준 선물들은 아직 내 방에 그대로 남아있는데 너만 없다. 그래서인지 이제 더 특별할 것도 없다.

많은 축하들을 받았지만, 비어있는 느낌. 시간이 많이 흘러갔구나 생각했고, 흘러간 시간과 함께 사람들도 흘러갔구나 생각했다. 그 흘러간 시간들 속에 네가 있어서 너도 같이 흘러간 건가.

그래도, 생일 축하해. 나에게

고인 너를 덜어내기

주룩 주룩 내리는 비에
움푹 패인 자리에는 물이 고였다.
고이기만 했는데 언젠가는 썩을 걱정에
열심히 고인 물을 덜어냈다.

비는 또 내렸고
어느새 또 다른 물이 고여 버렸다.
날씨는 맑게 개이고 따뜻한 바람이 불어왔다.

누구 하나 물이 썩을 것이라
고인 물을 퍼내라 시키지 않았건만
나는 땀을 뻘뻘 흘리며
온몸에 상처를 내가며
흙투성이가 되어 가며

고인 물을 덜어내고 있었다.

고여 있던 너를 덜어내느라

나는 이렇게 애쓰고 있었다.

하늘이 개이는지 바람이 부는지도 모른 채로.


언젠가 또 다른 비는 내릴 테고

그때 즈음이면 고여 있던 너는

말라버리든 새로운 비에 흘러가든 할텐데

나는 뭐가 두려워 그렇게 너를 덜어 내려 애쓰고 있었나.

# 갑자기 상처난 날

너와 함께 하루를 보내던 어느 날, 갑자기 깨져버린 유리잔. 할 수 있는 모든 방법으로 파편을 치웠다. 쓸고 닦고 이리저리 살피며 행여나 서로가 어디 상처라도 날까 봐.

그러던 어느 날, 생각지도 못한 곳에서 그때의 파편을 밟았다. 아무런 의식 없이 평소와 같은 걸음이었는데, 방바닥 사이 어딘가 눈에 보이지도 않던 작은 유리 조각이 내 발 속을 파고들었다. 무방비 상태에서 생긴 상처는 생각보다 아팠고, 어느새 큼지막하게 오랫동안 아물지 않는 상처를 만들어냈다.

오늘이 그런 날이었다. 생각지도 못한 곳에서 생각보다 크고 깊게, 그렇게 갑자기 상처 난 날. 너로 인해, 내 몸과 마음이.

그때의 그리움

가끔 먹먹해져 오는 마음
세상에 나 혼자만 혼자인 느낌
그럴 때마다 떠오르는 기억

너와 나 사이의 미련이 아니라
그때의 우리에 대한 그리움이야

## 함부로 꺼내들지 못하는 밤

갑자기 너에게 하지 못한 말들을 남기고 싶어졌다. 너에게 직접 할 자신은 없어서 글로 써보기로 했다. 너무 많은 말을 하고 싶었던 건지, 정말 아무 말도 할 수가 없었던 건지, 막상 적으려고 하니 무슨 말부터 해야 할지 몰라, 휴대폰 화면이 몇 번이나 꺼지도록 아무런 말도 쓰질 못했다. 그래도 지금 해두지 않으면 다 잊어버릴 것만 같아서 어떻게든 남겨야만 할 것 같았다. 그러자면 또 난 우리의 이별을 곱씹으며 그때 했어야 했던 말들을 떠올려야만 했다.

그래서 하질 못했다. 몇 번이고 떠올리려다 결국 하질 못했다. 주섬주섬 꺼내든 기억들이 행여나 누더기가 되진 않을지 걱정되어 차마 꺼낼 수가 없었다.

어둡고 고요한 밤. 이젠 너의 기억조차도 함부로 꺼내들지 못하는 밤.

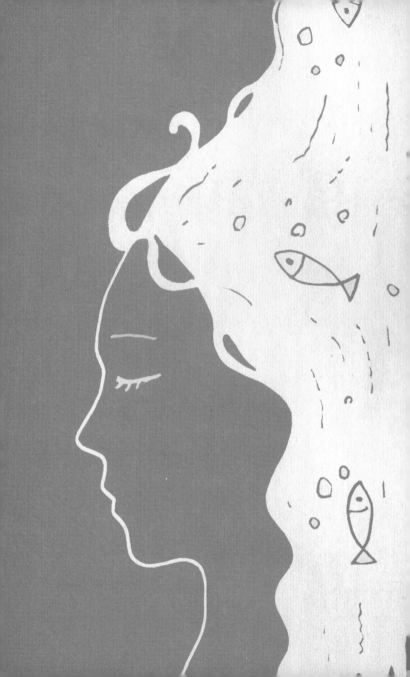

비 내리는 날

비가 부슬부슬 내리는 날. 비를 싫어하는 나를 위해 비
오는 날엔 집에서 내가 좋아하는 것들을 함께 하며 뒹굴뒹
굴 보내던 너. 그 와중에도 창문을 열어 빗소리를 배경 삼
아 나의 분위기에 함께 흘러가주던 너. 오늘따라 혼자 듣
는 빗소리가 그날 우리의 웃음소리 같았다. 그래서 더 귀
를 기울여 들어보았다. 혹시라도 그 웃음소리 안에 우리의
이야기 소리도 들리지 않을까 하고.

어떻게 지내니, 이런 날은 꼭 우리의 옛날들이 떠오르더
라. 너는 가끔씩 내 생각은 하니. 이런 날은 꼭 그렇더라.
네 목소리로, 네 진심이었던 예전 그 마음을 들어보고 싶
더라. 지금 내 귓가에 속삭이는 빗소리처럼.

## 바람

모처럼 자전거가 타고 싶었다. 자주 타는 자전거는 아니지만 여행가서는 종종 챙겨 타던 자전거. 여행이 아니면 쉬이 탈 기회가 없었던 건지, 여행을 가서 자전거가 타고 싶었던 건지, 어쨌든 여행 가서만 타던 자전거를 타고 싶었다. 얼른 휴대폰을 꺼내 근처 따릉이를 검색하고 찾으러 나섰다. 그러고는 가장 깨끗해 보이는 자전거 한 대를 꺼내, 밟기 시작했다.

어느 천을 따라 달리기 시작한 자전거 위로, 살랑살랑 바람이 불어왔다. 따뜻한 바람이 따뜻한 기억을 되살렸다. 나에게 가장 아름다웠던 바람은 너와 함께 자전거 타던 바람이었다.

그 기억에 눈을 감고 조금 더 바람을 느끼고 싶었는데,
어느샌가 눈을 뜨니 기억에만 있는 바람이었다. 똑같이 따
뜻한 바람인 줄 알았는데, 그 바람결에 마음은 더 외로워
졌다.

카페

서울 어디쯤. 내가 좋아하는 커피 맛이라며 데려다주었던 카페. 정말 네가 말한 대로, 내가 꼭 좋아하는 맛이라 한참 스트레스가 쌓일 때쯤이면 가끔 나를 데리고 나들이 가주던 카페. 오늘따라 왠지 그곳 커피를 마셔야 할 것만 같은 느낌에 나홀로 나들이를 가보기로 했다.

걸어가는 내내 우리가 함께 걷던 길위로 함께 이야기 나눈 모든 순간들이 나를 따라오기 시작했다. 겨우 도착한 카페는 언제나처럼 커피향으로 가득했고 혹여 그 안에 네 향기도 있지 않을까 하고 크게 숨을 들이켰다. 그리고 항상 마시던 핸드드립 커피를 받아들고 창가에 앉아 멍하게 밖을 바라보았다. 귓가에 들리는 노래 가사는 하필이면 꼭 내가 너에게 하고 싶었던 말들을 대신 읊어주는 것만 같았다. 나도 너에게 하고 싶은 말들을 적어볼까 볼펜을 꺼내들고 냅킨을 펼쳤다. 하지만 막상 아무 말도 쓸 수 없었고, 결국 평범한 안부 인사 한마디를 써 내려갔다. "안녕, 나 오늘 여기 왔어" 하고.

난 언제쯤 너에게 하고 싶은 말들을 다 할 수 있을까? 아니, 꺼낼 수 있기나 할까? 그렇게 좋아했던 여기 커피, 나 혼자 또 마시러 올 수는 있을까?

Part IV

마음에서 보내주기

## 평범한 것들, 소중한 것들

서울살이 7년. 가족이 모두 지내던 곳을 우리 집이라고 부르다가, 나 혼자 있는 곳을 우리 집이라고 부른지 7년. 해가 지날수록 고향 방문의 빈도는 줄어들었다.

오랜만에 탄 고향의 지하철. 매일 지겹도록 듣던 지하철 3호선 역이름들이 오늘따라 듣고 싶어져 잠시 한 쪽 이어폰을 빼고 방송에 귀를 기울였다. 방송 사이사이 들리는 사투리들이 마치 영어 듣기 평가인 양 귀 기울여졌다.

평범한 것들이 소중하다는 것은 평범한 것들이 떠나야 그제서야 알 수 있나 보다.

## 다시 온 그 번화가

우리가 매일같이 웃고 떠들던, 우리의 웃음이 곳곳에 묻어있는 곳. 어떤 곳은 그대로, 또 어떤 곳은 변한 채로, 그렇게 여기의 시간도 흘렀나 보다. 나의 어떤 부분은 그때 그대로, 또 너와 연관된 어떤 부분은 변한 것처럼, 여기 우리가 매일 함께 놀던 이 번화가도 그런가 보다.

시간은 흘렀고 우리는 달라졌고 여기는 남아있다. 우리의 추억들은 어디에 남겨두었나. 오늘 같은 날 꼭 꺼내보고 싶다. 여기저기 꼭꼭 숨어있을 우리들의 이야기.

# 목걸이

툭.

그냥 걸고 있었는데, 아무 이유 없이 목걸이가 끊어졌
다. 끊어진 목걸이는 당장이라도 바닥에 버려질 것처럼 옷
에 겨우 매달려 있었다. '이거 네가 선물해 준 목걸이였는
데' 하고 중얼거리며 끊어진 목걸이를 한참 동안 손에 쥐
고 멈춰 있었다.

반지는 잘 끼질 못하고 항상 하는 액세서리라고는 목걸
이밖에 안 하는 날 위해, 내 목에서 반짝이는 목걸이는 매
번 네 몫이었다. 반지 대신 나는 네 거라는 걸 다른 사람들
에게 보여주는 것처럼, 항상 내 목에는 네가 사준 목걸이
들이 모양을 바꿔가며 자리를 차지하고 있었다. 그 목걸이
도 네가 떠났으니 내가 네 것이라는 징표도 사라져야 한다

고 생각했나 보다. 그래서 다 알고 있다는 듯이 스스로를 끊어내었나 보다. 끊어내려고 다짐했으면 툭 하고 떨어져 사라질 일이지, 왜 또 매달려있는 거니. 내가 우리 기억들 겨우 붙잡고 있듯이.

　A/S를 맡길까 고민하다가 그냥 넣어두기로 했다. 애써 끊어내 준 목걸이의 마음을 알아줘야 할 것 같아서. 이렇게라도 하나씩 우리를 보내야 할 것 같아서.

## 까맣고 소란한 밤

오늘따라 밤이 까맣다.

달도 별도 없는 까만 하늘에는

아무런 움직임도 없다.

까만 밤일 수록 고요하다.

까만 밤에 맞추어

아무런 소리도 들리지 않아

더욱 고요하다.


까만 밤만큼 내 마음이 까맣다, 너로 인해.

고요한 밤인데 내 마음은 소란하다, 너로 인해.

## 유치한 커플

몸도 마음도 피곤한 퇴근길. 아직 집으로 가는 길은 멀고도 멀다. 이럴 때면 소소하게 투정 부릴, 토닥토닥해줄 품이 필요했다. 그러나 아무도 곁에 없는 지금, 겨우 지하철에 올라타 빈자리에 털썩 앉는 것 밖엔 할 수 없었다. 멍하게 눈만 뜨고 있는 순간, 내 앞에선 어느 어린 커플이 손을 꼭 잡고 소곤거리고 있었다. 어쩌면 세상에서 제일 소중하게 서로를 바라보는 저 커플이 지금 나는 세상에서 제일 부러울지도. 나도 저런 사소함이 필요했으니.

유치하기 짝이 없어 보이던 커플의 상대를 바라보는 눈빛과 온 힘을 다한 듯 꼭 잡은 두 손과 따뜻하게 안아주던 모습을 보며 나는 생각했다. 너의, 나를 바라보던 눈빛과 꼭 잡았던 손과 안아주던 어깨는 주변의 시선을 이겨내고 용기를 냈던 걸까, 아니면 주변이 보이지 않을 만큼 나만 바라

봤던 걸까. 그 어떤 것이어도 행복했었으니까 괜찮다.

지금 내가 그리운 건 그랬던 너인 건지, 그때의 애정인 건지, 그날의 온기인 건지, 이제는 흐려졌다.

# 소풍

오래간만에 유난히도 날이 좋았다. 햇빛은 적당했고, 바람도 선선했으며 공기도 가벼웠다. 이런 날엔 과일이랑 맥주랑 돗자리를 챙겨 서로 좋아하는 만화책 싸 들고 가까운 공원으로 나들이를 가곤 했다. 오늘이 딱 그런 날이었다. 함께 나들이 나가야 하는 그런 날.

창고에서 나 혼자 쓸만한 제일 작은 돗자리를 꺼냈고, 맥주랑 빨대도 두어 개 챙기고 읽을 만한 책도 한 권 골라 넣었다. 버스를 타고 공원 근처에 내려 슬슬 걸었다. 선선해진 날씨가 모두를 밖으로 불러낸 건지, 가족이며 커플이며 가득했다. 적당한 나무 아래 자리를 잡고 돗자리를 펼쳐 우선 맥주를 한 모금 들이켰다. 시원한 목 넘김에 기분 좋게 책을 꺼내들고 한참을 읽어 내려갔다. 맥주 한 캔을 다 마셨을 즈음에야 주변을 둘러보았다. 다들 삼삼오오, 하다못해 강아지라도 함께였고 혼자 앉아있는 건 나밖에 없는 것 같았다. 주변에 앉아있는 커플들에게서 우리의 예전 모습들이 투영되었다. 시원한 맥주를 짠하고 부딪히고 들이키던 모습, 싸온 과일들을 먹여주는 모습, 서로 만화책에 집중하던 모습, 잠시 다리를 베개 삼아 누워 달달한 낮잠에 들었던 모습까지. 아른거리는 우리의 모습은 행복하게 웃고 있어서, 나도 잠시 그때의 우리와 같이 웃어보았다.

날이 좋아서 소풍 다녀왔어. 우리의 추억 속으로.

## 담배

주말이면 꼭 잡는 친구들과의 저녁. 먹는 것도, 술도 좋
아하는 나는 주말 저녁만큼은 맛있는 음식과 그에 어울리
는 술을 마시는 일정을 빼먹은 적이 없다. 요즘 만나는 친
구들은 너를 모르는, 아니면 너를 거의 보지 못해서 지금
내게 남아있는 친구들이었다. 다행인지 그 친구들은 나처
럼 맛있는 음식과 술을 좋아하는 친구들이었고, 더 다행인
건 먼저 네 이야기를 꺼내주지 않는 것이다. 다만 그 친구
들은 대부분 흡연자들이라, 종종 나는 혼자 자리를 지키며
창밖에서 담배 피우는 친구들의 모습을 바라봐야 했다.

그러자면 또 너무 오래되어 버린, 우리가 처음 만났을
때가 기억나곤 했다. 사귀기 전, 아니 서로 친해지기도 전
네가 실수로 담배 연기를 내 얼굴에 뱉어내는 바람에 나는
한참을 콜록거리며 눈물을 훔쳐야 했다. 하지만 그 담배

연기는 오히려 너와 가까워지는 계기가 되었었다. 연애를 시작한 이후엔 내가 담배 냄새를 싫어한다는 이유로, 또 담배 피우는 동안 내가 혼자 있어야 한다는 이유로, 당장 담배도 끊어버렸던 너는 한 번도 날 혼자 두지 않았다. 담배 한 개비 피는 그 짧았던 시간조차도.

창 밖의 친구들은 흐릿하게 보였지만, 피어오르는 담배 연기는 유난히 또렷하게 보였다. 뭉게뭉게 퍼지다가 사라지는 담배 연기가 네 기억도 다 가져갔으면 하고 생각했다. 나로 인해 끊어냈던 나쁜 습관처럼, 나로 인해 생긴 나쁜 기억들도 네가 꼭 끊어냈으면 하고 또 생각했다. 너에게는 그저 좋은 습관만, 좋은 기억만 남아있었으면 했다.

## 아메리카노

하루에 두세 잔은 꼭 마시는 아메리카노. 맞아, 네가 알려줬었지 아메리카노. 커피라고는 캐러멜 마키아토처럼 달달하지 않으면 먹지 못했던 나였는데, 커피 맛이라는 걸 알려준 사람도 너였어.

여행지에서 맛있는 커피 맛을 느끼게 해주고 싶다며 들렀던 카페. 커피향 가득한 원두 공장 바리스타 사장님이 계셨던 카페에서, 기어코 나에게 핸드드립 커피를 마시게 했었지. 서로 다른 원두를 하나씩 고르고선 핸드드립 커피가 나오기까지, 물의 온도를 맞추고 원두를 갈아 커피를 내리는 한참을 바리스타 사장님의 손만 쳐다보며, 난 아메리카노는 맛없다며 툴툴거렸어. 예쁜 잔에 담겨 나온 핸드드립 커피를 한 모금 머금고 나서야 나는 세상에 없던 새로운 맛을 발견한 사람처럼 땡그란 눈으로 한 잔을 다 들이켰지. 그리고 또 한 잔을 테이크 아웃 하고, 다음날도 들러 한 잔을 더 마셨어. 의기양양하게 핸드드립 커피를 주문해 주던 그때의 네 표정은 세상에서 제일 비싼 선물을 해준 사람의 표정이었던 것 같아. 그 때부터 나는 아메리카노를 마시기 시작했고, 그곳에 여행을 갈 때마다 돌아가더라도 꼭 들리는 우리의 약속 같은 카페가 되었지.

그 이후로 마신 아메리카노가 몇 잔쯤 되었을까? 영영 잊지 말라고 주문을 걸어놓은 것처럼 이젠 아메리카노 없는 하루는 손에 꼽을 정도야. 네가 떠오르지 않는 날을 손에 꼽을 만큼. 원래 나보다 더 좋아했잖아. 난 너를 떠났어도 아메리카노는 아직 남아있겠다. 네 옆에.

## 생각지 못한 배려

섬에서 태어난 그 사람은, 바다를 끼고 있는 도시에서 태어난 나보다 해산물과 회를 가리지 않고 더 많이 좋아했다. 마치 일류 셰프 아빠의 요리만 먹고 자란 아이가 그 맛이 당연한 맛이라는 듯, 어느샌가 내 입맛도 질 좋고 신선한 재료들에 길들여져 있었다. 그중에서도 서울에서 손에 꼽을 정도로 자주 가던, 내가 제일 좋아하는 숙성 횟집. 자주 가서인지, 아니면 갈 때마다 Bar 앞 자리에 앉아서인지, 일하시는 분들까지 우리를 알게 되었다. 그 곳은 특별한 날, 편하게 찾는 우리의 단골집이 되었다. 이제 그 곳에 혼자서는 갈 자신이 없어서, 행여나 네 안부라도 물을까 싶어 누구와도 한참을 가질 못했다.

그러던 어느 날 그 근처에서 지인들과 거나하게 술을 마시고선, 이쯤이면 가게 사장님도 실장님도 직원분들도 가물가물하지 않을까 싶어, 그들을 내세워 횟집을 방문했다. 여전히 시끌벅적한 가게. 문 앞에 계시는 사장님과 횟감을 만지고 있는 실장님이 눈에 보였다. 내 기대와는 달리, 사장님은 내 얼굴을 보고선 웃으며 문 앞으로 나오셨다.

"어유, 왜 이렇게 오랜만이에요. 오늘도 다찌죠? 근데 다찌 예약이 없었던 것 같은데"

"아, 사장님, 오늘 저까지 세명이라 다찌 예약 안 했어요. 세명 자리 있어요?"

"응? 무슨 소리예요? 우리 가게 예약 없이는 안되는데? 우린 숙성회라 정해진 양 밖에 못 팔아요. 지금까지 예약하고 와놓고선…."

그제서야 알았다. 이 가게는 하루 정해진 양만큼의 손님만 받고 있었다는 것을. 난 한 번도 기다림 없이, Bar 앞자리에 앉아 먹을 수 있었던 이유를. 그리고 그날은 사장님과 실장님께 멋쩍은 인사만 전하고 가게를 나서야 했다.

한 번도 생각지도 못한 곳에서 이제서야 알게 된 너의 배려들. 당연한 줄 알았던 것들이 다 너의 노력들이었구나.

이렇게 너는 예고도 없이 가끔씩 나를 찾아온다. 이젠 아프지도 슬프지도 않지만, 어떤 감정이라 말할 수 없는 기분에 휩싸여 한참을 생각하게 한다. 그때의 우린 참 예뻤구나. 하지만 그때의 너를, 그때의 나는 소중한지 몰랐나 보다.

## 버킷리스트

너의 집 냉장고 문 앞 제일 잘 보이는 곳에는 언제부터
인가 한땀한땀 손으로 써 내려간 너의 버킷리스트가 떡하
니 자리 잡고 있었다. 하나 둘 늘어나던 버킷리스트들은
어느새 스무 개를 넘어갔고, 그만큼 완료한 버킷리스트에
그은 줄도 늘어갔다.

서른 살 전까지 직업 가지기, 영어 몇 점 받기, 유럽 여
행 가기, 전공 자격증 따기, 분기별로 뮤지컬이나 공연 보
기, 몇 살 전까지 결혼하기….

대부분은 나와 연관되어 있거나 나를 위한 것들이었다.
나에게 떳떳한 사람이 되기 위해서, 더 자랑스러운 사람
이 되기 위해서, 내가 좋아하니까, 나에게 꼭 경험하게 해
주고 싶어서. 그런 이유들로 너의 진심이 담긴 버킷리스트

들은 늘어갔고 그때마다 나는 오히려 내 숙제가 생긴 것만 같아 마음이 점점 불편해졌다. 그래서 네가 나의 버킷리스트들을 받고 싶다는 부탁에도, 지금의 나처럼 너에게 숙제가 될까 봐 숨기고 숨겨왔다.

나의 버킷리스트는….
이제 새롭게 만들어야겠구나. 함께 할 네가 없으니. 평생 이룰 수 없는 소원이라면 마음에 간직한들 짐만 될테니.

그럼에도 네 냉장고 문의 버킷리스트는 언제까지고 그대로였으면 좋겠다. 내가 아니어도 그 소원들 꼭 모두 이루었으면 좋겠다. 그리고 더이상은 나를 위한 버킷리스트가 늘어나지 않았으면 좋겠다.

다한증

　날은 점점 더 추워졌고, 옷은 더 두꺼워졌다. 다한증이
심했던 나는, 옷은 두껍게 입어도 손만은 항상 맨손이었
다. 한겨울에도 장갑을 끼면 장갑이 젖어 손이 꽁꽁 얼어
버릴 만큼의 다한증이었기에, 차라리 찬바람에 손을 차갑
게 해 땀이 나지 않게 하는 게 나을 정도였다. 여름이면 그
정도가 더 심해서 필기는 물론이거니와, 손에 무언가가 닿
는 것조차도 싫어할 만큼 손끝이 예민해졌다.

　그걸 나중에서야 이해한 너는 그래도 손은 잡고 다니고
싶다며 축축함도 괜찮다고 우겨보기도 했고, 손 사이에 손
수건을 겹쳐 손을 잡기도 했다. 하지만 결국 여름엔 네 팔
짱을 끼고 겨울엔 네 팔목의 옷을 잡는 정도로 마무리되었
다. 계절과 상관없이 내가 붙잡은 곳은 축축해지고 늘어졌
다. 하지만 그것만으로도 넌 만족해하면서도 다른 해결 방

법이 없을까 이리저리 고민해 주던 모습이 어렴풋이 기억
났다.

모든 일을 해결사처럼 척척해주던 너였는데, 이것만큼
은 너도 해결해 주지 못했네. 오늘도 손이 꽁꽁 얼었어. 그
때 네 온기가 그렇게 따뜻한 것인지, 널 보내고 나서야 또
새삼 깨닫는다.

## 생활 루틴

    나의 생활 루틴은 확고했다. '일요일은 아무것도 안 해'를 시작으로 '평일은 약속 안 잡아', '금토는 맛있는 것을 먹고 술 마셔야 해', '평일엔 운동 갈 거야'하는 한 주의 루틴을 반드시 지켰다. 이유도 모른 채 너는 나의 루틴에 익숙해졌고 너의 일정은 내게 맞춰 결정되었다. 그렇게 유지된 나의 루틴이 너와 만난 시간만큼 누적되었고, 어느새 일상처럼 다른 변화는 용납되지 않았다.

    어느 날 누군가가 말했다. 바른 습관이든 나쁜 습관이든 나의 의지로 그 루틴을 지키고 있는 것은 대단한 일이라고. 그런 나의 루틴에 너는 답답하지도 않았는지, 어쩌면 한 번을 싫다는 말없이 맞추어 주었는지, 나보다 네가 더 대단하게 느껴졌다.

나는 아직도 그 루틴을 지키고 있다. 평일이면 운동을 하고, 주말이면 술과 함께 맛있는 음식을 양껏 먹고, 해가 중천을 넘을 때까지 푹 잠을 잔다. 네가 있으나 없으나 달라지지 않은 루틴인데, 뭔가 알지 못할 것들이 달라진 느낌이었다. 지금쯤이면 너도 나 없는 너의 루틴을 찾았는지, 그 루틴 중간중간에 갑자기 내가 불쑥 나오진 않는지 문득 궁금해졌다.

## 초승달처럼 보름달처럼

어수룩해진 저녁이 다가오고 있었다. 해가 다 지지도 않았는데, 달은 벌써 별들을 마중 나와 있었다. 하필이면 내가 제일 좋아하는 초승달이었다. 그리고 서로 아무 말 없이 걸어가다 문득 하늘에 걸려있는 초승달을 본 날이 기억났다. 그때 너는 갑자기 무슨 일이냐며 눈으로 나에게 물었다. 그래서 나는

"초승달"

하고 대답했다. 언젠가 왜 하필 초승달이 좋으냐고 묻는 너에게, '곧 부러질 것 같은데, 이제 차오를 거니까. 그리고 이쁘잖아. 뾰족하고 날카롭고 얇은 게'라고 답해주었다. 너는 나의 대답이 기억났는지 잠시 함께 멈춰서 주었다. 이렇게 한마디만으로도 모든 걸 이해할 수 있는 너였다.

초승달이라는 건 비어있는 마음이 언젠가 또 채워질 거라는 희망. 보름달이라는 건 꽉 차있는 머릿속이 언젠가 또 비워질 거라는 희망.

그렇게 초승달이 보름달 되듯이 비어있는 내 마음도 차오르겠지. 그렇게 보름달이 초승달 되듯이 네 기억들도 하나씩 흐려지겠지.

## 네가 만든 나

이제 와서 문득 생각해 보니
웃었던, 울었던, 기뻤던, 슬펐던 기억들엔
꼭 네가 들어있었다.
그 시간들로 인해 지금의 내가 만들어졌으니,
어쩌면 나를 만든 건 너인지도 모르겠다.

그렇게 네가 나를 만들어줬구나, 이렇게.

그렇구나.
이제 너를 다 지운다는 건
나에게서 너를 빼고 나를 만든다는 건
할 수 없는 일이구나.

짐

계절이 바뀌었다. 두꺼운 옷을 넣고 조금은 가벼운 옷을 꺼내야 하는 타이밍. 이참에 마음을 먹고 짐들을 정리해 보기로 했다. 쌓아놓았던 박스도, 쓰지 않게 된 전자제품도, 한 계절을 옷장에서만 보낸 옷들도, 모두 꺼내 정리하기 시작했다. 다 정리한 줄 알았던 네 짐들도 하나씩 나타났다. 네가 남겨놓고 간 짐들, 너의 손때 묻은 짐들까지 마음먹고 모두 꺼내들었다. 버릴까 말까 한참을 망설이고 쓰레기봉투에 넣었다 빼기를 또 한참 반복했다. 그러다 보니 금방 다 버릴 줄 알았던 짐들은 해가 지고서야 끝마칠 수 있었다.

정리를 끝낸 창고는 제법 비워져 있었다. 버려진 너의 짐 만큼 네가 가벼워질 줄 알았는데, 꺼내든 너의 기억은 또 하나의 짐으로 점점 더 무거워져버렸다. 기억의 짐들은 또 어떻게 버려야 할지 고민되는 밤이다.

## 편안함도 사랑

그러고 보니 너와 있을 때면 참 편안했는데. 네가 사라져서 불편한 건지, 이별로 인해 불편해진 건지 알 수 없었다. 어디에서도 느낄 수 없는 편안한 시간을 선물해 준 너에게, 나는 어떤 시간들을 너에게 주었을지 궁금해졌다.

두근거리는 마음만이 사랑이라고 생각했던 나의 오만함을 이제서야 눈치채게 되었다. 네가 준 것이 편안한 시간이었다는 것을 네가 가고 나서야 느끼게 되었구나. 온통 안락했던 그 시간들을 나는 왜 너의 사랑이라고 생각하지 못했을까.

# 낡아가다

먹는 것, 특히나 집에서 뭔가를 먹는 걸 즐기는 나는, 예쁜 그릇들을 사는 것을 좋아했다. 특별한 날은 특별한 음식을 특별한 그릇에 먹어야만 할 것 같아서, 그릇 한두 개를 종종 사곤 했다. 수저는 나무로 된 수저를 좋아해서 여행 중에 마음에 드는 나무 수저가 눈에 띄면 고민 없이 데리고 왔었다. 그렇게 하나씩 들인 그릇과 수저가 어느새 부엌 한편에 가득이다.

이 그릇은 연말 파티 때, 저 그릇은 네가 취업했을 때, 이 수저는 어디 여행 갔을 때. 이렇게 그릇과 수저에는 내 눈에만 보이는 이름표가 붙어져 있었고 함께 한 시간만큼 그릇과 수저들도 쌓여갔다. 얼마큼의 시간이 흘렀는지 어떤 그릇은 무늬가 지워지기도 하고, 어떤 수저는 나무가 갈라져 있기도 했다. 어느새인가 야금야금 낡아가고 있었나 보다. 손때 묻은 채 낡아가는 것이 싫은 건 아니었지만, 우리의 기억이 새겨진 것들이 낡아가는 것은 어딘가 쓸쓸했다.

너와 내가 함께 데리고 왔던 것들이, 함께 만들었던 것들이 지금도 계속해서 낡아간다. 흐릿해져 가는 우리의 기억처럼.

그때의 나를 너를 안아주기

책장 위의 작은 화분 하나. 한 번을 정성 들여 봐준 적 없는데, 혼자 오롯이 자라고 있었다. 혼자서 꿋꿋하게. 화분이 혼자 자라고 있던 만큼 나도 혼자서도 잘 자라야만 할 것 같았다.

행복하고 아팠던 우리의 시간들로 나는 이렇게 자랐다. 그 시간의 너와 나로 인해 지금의 나만큼 자랐다.

그때의 나를, 그때의 너를 다시 만나게 된다면, 다정하게 단단하게 따뜻하게 꽉 안아줘야만 할 것 같다. 그 시간들과 그 기억들을 보내느라, 이겨내느라, 힘들었을 테니. 작은 상처에도 세상이 무너질 만큼 큰 아픔이었을 테니.

적어도 그때의 나와 너는.

## 벚꽃 내리는 날

따뜻한 봄날, 뉴스에서는 만개한 벚꽃의 소식을 매일 같이 알려왔다. 화면으로만 보던 벚꽃을 직접 봐야겠다는 마음이 생겼다. 집 근처 어딘가 길게 이어진 하천을 따라 한껏 피어있는 벚꽃길을 걸어보기로 마음먹었다.

도착한 하천은 이미 삼삼오오 가족이며 커플이며 시끌 벅적했다. 시끄러운 소리 없이 눈에만 담고 싶었던 나는 이어폰을 귀에 꽂고 좋아하는 노래를 크게 틀었다. 노랫 소리 사이로 아직은 차가운 바람이 지나갔고, 그 바람결 에 벚꽃잎들이 휘날렸다. 우수수 떨어지는 벚꽃잎들 사이 로 잠깐 네가 보인 것만 같았다. 그렇게 벚꽃잎들과 함께 우리의 추억도 쏟아져 내렸다. 영영 내 마음에서 떨어지지 않았으면 하다가도 차라리 홀홀 떨어져 버려라 하며 내 마 음의 갈피를 잡지 못했다.

부디 너는 따뜻한 바람 속에서 우수수 내리는 벚꽃잎을 보며, 아름다운 것들만 눈에 담았으면 했다. 우리의 추억은 모두 내가 가져갈 테니, 부디 너는 나에 대한 추억 없이 앞으로의 너만 생각했으면 했다.

## 정말 안녕, 나의 우주야

그러고 보니 나의 모든 시작이 너였다. 너는 나의 온 세상이었다. 하늘도 땅도 태양도 달도 모두 너였다. 그렇게 너는 나의 우주였다. 영원히 끝도 없을 것만 같았던 나의 우주는 이제 손바닥만 한 기억들만 남기고 사라졌다. 함께 했던 시간을 기억하고 되새겼음에도, 시간이 지나면서 기억들은 자연스레 흐려졌다. 이러다가 언젠가는 정말 네가, 그리고 너와 함께 했던 내가 다 지워지는 건 아닐까 하고 생각할 만큼이었다.

이제 남은 기억들은 내가 움켜지고 간직할 테니, 부디 너는 훨훨 날아가렴.

이제 정말 안녕. 나의 우주야.

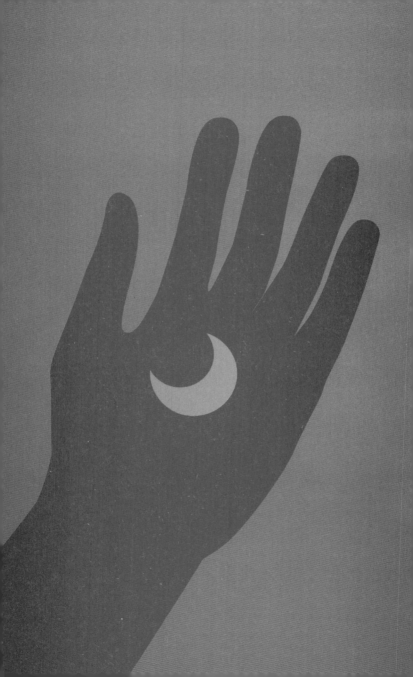

이별에서 이별하는 법

초판 1쇄 인쇄  2021년 7월  7일
초판 1쇄 발행  2021년 7월 14일

지은이       이승희
편집인       서진
펴낸곳       이지퍼블리싱

편집         성주영

마케팅       구본건 김정현
영업         이동진

디자인       양은경

주소         경기도 파주시 광인사길 209, 202호
대표번호     031.946.0423
팩스         070.7589.0721
전자우편     edit@izipub.co.kr
출판신고     2018년 4월 23일 제2018—000094호

ISBN         979-11-90905-11-4 (03810)